中华

魂

ZHONGHUA HUN

百部爱国故事丛书

# 艰苦抗战　威震敌胆

## ——著名抗日英雄杨靖宇

周丽艳　编著

吉林人民出版社

## 图书在版编目（CIP）数据

艰苦抗战　威震敌胆：著名抗日英雄杨靖宇 / 周丽

艳编著 . -- 长春：吉林人民出版社，2011.3（2021.8 重印）

（中华魂·百部爱国故事丛书）

ISBN 978-7-206-07523-0

Ⅰ . ①艰… Ⅱ . ①周… Ⅲ . ①革命故事－中国－当代

Ⅳ . ① I247.8

中国版本图书馆 CIP 数据核字 (2011) 第 032585 号

# 艰苦抗战　威震敌胆
## ——著名抗日英雄杨靖宇

JIANKU KANGZHAN　WEIZHEN DIDAN
　　——ZHUMING KANGRI YINGXIONG YANG JINGYU

编　　著：周丽艳

责任编辑：郭　威　　　　封面设计：孙浩瀚

制　　作：吉林人民出版社图文设计印务中心

吉林人民出版社出版 发行（长春市人民大街7548号　邮政编码：130022）

印　刷：北京一鑫印务有限责任公司

开　本：787mm×1092mm　　1/16

印　张：8　　　　字　数：64千字

标准书号：ISBN 978-7-206-07523-0

版　次：2011年3月第1版　　印　次：2021年8月第2次印刷

定　价：35.00 元

如发现印装质量问题，影响阅读，请与出版社联系调换。

# 总　序

　　《中华魂》是一套故事丛书。它汇集了我国自鸦片战争以来一百八十余年间的近百位民族英雄、仁人志士、革命领袖、先进模范人物的生动感人事迹，表现了他们作为中华儿女的伟大的爱国主义精神。

　　爱国主义是人们对于"生于斯、长于斯、衣食于斯"的祖国的一种神圣感情，是人们对于自己民族的一种强烈的责任感和使命感，是感召和激励整个中华民族的一面永不褪色的旗帜。在一百多年的中国近现代史上，爱国主义一直激励着中华儿女为祖国的独立、统一、进步和繁荣而英勇奋斗。从"苟利国家生死以，岂因祸福避趋之"的林则徐，到"我自横刀向天笑，去留肝胆两昆仑"的谭嗣同；从"铁肩担道义，妙手著文章"的李大钊，到"青春换得江山壮，碧血染将天地红"的赵一曼；从"县委书记的好榜样"的焦裕禄，到"问鼎长天，扬我国威"的邓稼先……都表现出了强烈的爱国主义精神。正是由于热爱祖国的人们前仆后继地奋斗，国家和民族才得以生存，才能够在一次次历史危急关头转危为安，走向兴盛和富强，从而屹立于世界民族之林。爱国主义是鼓舞中华儿女历经忧患、跨越沧桑、百折不挠、自强不息的伟大力量，它贯穿于中华民族的整个历史，并有力地凝聚着五洲四海的中国人。

爱国主义是一个历史的范畴，在社会发展的不同阶段、不同时期有不同的具体内容。革命时期，需要我们为祖国的独立自主出生入死；建设时期，需要我们为祖国的繁荣富强增砖添瓦。在全国各族人民团结一心，开启全面建设社会主义现代化国家新征程的今天,我们要争做一名新时期的爱国者。新时期的爱国者要有强烈的民族自尊心、自豪感。民族自尊心、自豪感是任何时期、任何爱国者都必须具备的情感。民族自尊心能增强我们自立向上的恒心,民族自豪感能树立我们建设祖国的信心。要树立"祖国高于一切"的崇高信念,为了祖国和人民的利益不惜抛却个人的利益,甚至不惜牺牲个人的生命。我们要树立终身学习的理念,拓宽自己的知识面,广泛吸收新知识、新技术,完善自身的知识结构,更新学习知识的方法与理念,从思想上、知识上充分武装自己,为祖国的繁荣昌盛贡献力量。

爱国主义思想的继承和发扬,是关系到民族盛衰、国家兴亡的根本问题。爱国主义思想情操的形成,需要不断地培养。培养爱国主义精神的一个重要途径是向英雄人物和典范事迹学习和致敬。这套丛书的出版,对于青少年向英雄和先进人物学习,特别是对于在中小学生中进行爱国主义教育是不可多得的生动的教材。祝愿此书出版发行成功,为培养时代新人做出贡献。

胡维革

中华**魂**
百部爱国故事丛书

# 编 委 会

"只要我们各股抗日队伍团结起来，拧成一股绳，人多势众，力量增强，就能够打败日本鬼子！""我们抗日救国不分民族、党派，不分宗教信仰，只要是抗日打鬼子，我们就要联合起来，协同作战，共同抗日。"

——杨靖宇

# 目　录

中华**魂**百部爱国故事丛书
ZHONGHUA HUN

# 自古英雄出少年　一身正气奋自勉

　　1905年2月13日，杨靖宇出生在河南省确山县李湾村。确山县位于河南省南部，李湾村是确山县的头等大村之一。青少年时代的杨靖宇就是在这里生活和成长的。杨靖宇5岁时，父亲因积劳成疾，过早辞世。从此，抚养子女、支撑门户的担子都落到母亲的肩上。

　　1911年，推翻封建专制、倡导民主共和的辛亥革命在武汉爆发，杨靖宇的家乡处于京汉铁路要冲，受

孙中山雕像

艰苦抗战　威震敌胆
——著名抗日英雄杨靖宇

到较大影响。人们剪去头上的辫子，说些自由、民主、平等、博爱的话，农民的生活也似乎有了点希望。然而，仅4年时间，窃取中华民国大总统职务的袁世凯，就废除约法，解散国会，堂而皇之地当上了"洪宪皇帝"。

袁世凯的皇帝美梦破灭后，接踵而来

的是军阀混战，社会动荡，帝国主义对中国侵略的加剧。杨靖宇的童年，就是在这动荡与黑暗的社会中度过的。

1912年，母亲送7岁的杨靖宇到一所私塾里读书。私塾先生刘景臣是村里的饱学之士，他对杨靖宇要求很严，学完《三字经》《百家姓》《千字文》等启蒙读物后，又让他学习《大学》《论语》《中庸》《孟子》（即"四书"）。

杨靖宇在学堂刻苦学习，放学后先帮母亲干些力所能及的家务活，然后就埋头读书写字，有时竟忘了吃饭。有时母亲几次催促，他才放下书、笔，但只要离吃饭哪怕还有一点时间，他又去看书写字。由于杨靖宇聪颖强记，勤学苦练，每天都沉浸在读书写字之中，很少到外边玩耍，因此各门课程都学得十分出色，毛笔字也写得苍劲有力。

在私塾里，杨靖宇有个好朋友叫李士芳，他比杨靖宇大两岁，与杨靖宇同桌。李士芳的父亲身体较弱，租来的几亩土地，耕种起来很吃力，生活相当困难。一到农忙季节，家里就需要李士芳下田劳动，因此常常旷课。于是，李士芳逐渐产生了不再上学回家务农的想法。杨靖宇知道后，就找到李士芳，鼓励他继续读书。杨靖宇拉着李士芳的手，亲

私塾

艰苦抗战 威震敌胆
——著名抗日英雄杨靖宇

切地说："士芳哥，书还是要念！你缺的课，我帮你补上。"从此，杨靖宇放学后，常常拿着书到李士芳家，把他没学到的课程补上。杨靖宇见李士芳写字没有纸，就把自己的纸送给他用；见李士芳交不上书费，就悄悄地为他交上，使李士芳父子十分感动。

一次，杨靖宇和小伙伴们一起去村子附近的古城赶庙会。相传，这个古城就是三国时期的刘备、关羽、张飞三兄弟相会的地方，当时庙里还有刘、关、张的塑像。小伙伴们边走边听杨靖宇讲关云长千里走单骑、刘关张古城喜相会的故事。杨靖宇讲得绘声绘色，小伙伴们听得津津有味，不知不觉地就到了古城。杨靖宇爱读《说岳全传》，爱讲岳飞故事，喜欢岳飞及其身边的王贵、汤怀、张宪、牛皋等人物，仰慕他们的英雄气概，敬佩他们的爱国精神，自幼就把岳母在岳飞脊背上刺的"精忠报国"四个大字熔铸在自己心灵中。

私塾中所学的尽管大多是中国封建教育的传统内容，但其中科学性、进步性的精华还是随处可见的，经先生深入浅出的讲解和强调，其教育意义更为突出，如孟子讲的"天将降大任于斯人也，必先苦其心志，劳其筋骨，饿其体肤，空乏其身，行拂乱其所为，所以动心忍性，曾益其所不能"；"富贵不能淫，贫贱不能移，威武不能屈，此之谓大丈夫"等警句名言，深深铭刻在杨靖宇的心中，成为他终生为祖国和人民奋斗的一种精神力量。在私塾里所学到的文化知识，尤其是阅读和书写，也为杨靖宇的成长打下了一定的基础。然而，私塾里的学习毕竟内容过于陈旧，方法过于呆板，尽管杨靖宇已经能把所学的内容倒背如流，但萦绕在他心头的许多社会问题并未得到回答，因此心里越来越增添几分惆怅。其他的小伙伴更是被整天的死记硬背压得头昏脑涨。

一天，先生外出办事去了，让孩子们自己背书。先生一走，可乐坏了孩子们，大家决心痛痛快快地玩上一场。正好几天前赶庙会看过一台戏，表现的是官府审案的事情，大家就如法炮制。孩子们用桌椅板凳搭起"戏台"，私塾里人不多，每个人都有角色，"府台"、"县台"、"衙役"、"罪犯"，一应俱全。平时很少淘气的杨靖宇被指定担任"县台"。演出开始了，"府台"冲着被抓来的"罪犯"厉声问道："为什么要当土匪，抢人家东西？""罪犯"说："我不是土匪，没抢人家东西呀！"府台"勃然大怒，喝令用刑。两班"衙役"一拥而上，将"罪犯"按倒在地，施以重刑。扮演"县台"的杨靖宇本来应对"府台"惟命是从，而他此时却出人意料地说："不能这样审官司，不问青红

皂白就打，这不
会屈打成招吗？"
孩子们觉得杨靖
宇说得在理，大
都随声附和，可
"府台"却觉得
不能丢了面子，
非要坚持原判。
双方各持己见，
争沦不休，教室
内乱成一团。

关公像

　　正在这时，先生回来了。见此情景，十分生气，
狠狠地批评了孩子们，惩罚了带头"演戏"的孩子。
对杨靖宇，先生说他这是初次，令他放学前必须把
《孟子》一书中的"告子"篇背下来，否则就要打手
板。可还没到放学时间，杨靖宇就来到先生面前，一
字不差地把"告子"背诵一遍。

　　在放学回家的路上，孩子们又谈论起白天演戏的
事。有的说："别的戏也这么演的！"有的说："听说官
府里也是这样审官司的！"杨靖宇耐心地说："捉贼要
赃，得有真凭实据，光靠打怎么成？官府这么审官司
就是没有道理。官府向着有钱的，用这种办法去审官

司，不知坑害了多少穷人。"孩子们认为杨靖宇说得对，称赞他对事敢求真、看得远。

1920年，杨靖宇考入确山县立高等小学。这所县立高等小学，当时是确山县的"最高学府"，每年暑期招生，学制三年，一次只招50人，编为一个班，学校设修身、同文、算术、历史、地理、手工、图画、唱歌、体操等课程。他不仅在学习上刻苦认真，掌握了许多新的文化知识，而且虚心听取进步老师的教诲，学习他们的新思想、新作风，坚持正义，帮助同学，所以逐渐成为同学们的"主心骨"。

发生在1919年的五四爱国运动，得到确山县社会各界的响应，直到杨靖宇考入确山县高等小学后，反帝爱国的浪潮仍在这里激荡。入学后，杨靖宇和广大学生、工人、市民一道投入抵制日货的斗争，不仅在这场斗争中得到了锻炼，而且确立了正确的理想和信念。

那是中国备受欺凌的年代，随着日本帝国主义对中国侵略的加深，日本商品也充斥中国市场，排挤中国的民族工业。尤其是日本提出灭亡中国的"二十一条"，更激起中国人民的反抗，全国上下纷纷掀起抵制日货的斗争。杨靖宇在确山县立高等小学读书时，经常和同学们到商店和火车站检查，发现日本商品，就建议货主停止销售，如果货主反对，就立即将日货查封或销毁。

确山县城有一家商店刚刚购进一批日货，店主通过行贿手段买通官吏以对抗师生检查。杨靖宇和同学们得知这一情况后，立即到这家商店，要求店主交出全部日货。得到好处的官吏为店主说话，阻挠学生的爱国行动。杨靖宇严肃地说："以前这家店主就进过口货，他不知悔改，这次又进日货，全不把国家存亡放在心上，这日货一定得没收销毁。"官吏恼羞成怒，立刻给确山县立高等小学发去公函，污蔑学生胡闹，让学校对学生严加管束。

校长屈服于压力，出面阻止学生抵制日货的斗争，先"规劝"，后"勒令"，最后以开除学籍相威胁，想逼迫杨靖宇和同学们放弃销毁这家商店的日货。但杨靖宇毫不退缩，指责校长不爱国，并串连学生举行罢课。由于当时全国的学潮此伏彼起，波澜壮阔，抵制日货又是学潮斗争的主要内容，校长慑于学潮的威力，只好不再干涉学生抵制日货的斗争。杨靖宇和同学们终于查出那家店主的全部日货，当场销毁。同学们欢呼雀跃，奔走相告，庆祝这场反帝爱国斗争的胜利。

1923年8月，杨靖宇结束了高等小学的学习，以优异的成绩考入河南省第一工业学校。这所学校位于开封市北道门，是一所专业学校，分初级、高级两个班次，学制均为三年。初级班按普通中学设课，高级班分为纺织、印染两个专业。刚刚从高等小学入学的杨靖宇便从初级班学起。

杨靖宇在开封求学时与同学徐子荣、张化宇合影

开封是一个有着悠久历史的城市，曾为六朝古都，名胜古迹随处可见。在第一工业学校后院，就有一座宋代的点将台，相传抗金名将岳飞曾在此调兵遣将，抗击金兀术对中原地区的侵扰。每到这聚兵挥戈之地，杨靖宇常常流连忘返。

杨靖宇的同班同学

姚建字在回忆时说："杨将军和我在校时，曾多次乘月明之夜，登上点将台嘹望谈天，仰慕民族英雄岳飞的丰功伟绩和抗敌气节。杨将军曾激动而慷慨地坚决表示要效法和学习民族英雄的行动和精神，做个保卫中华民族和祖国的民族新英雄。"

在河南省第一工业学校学习期间，杨靖宇一方面认真学习，乐于助人，另一方面关心时事，忧国忧民。

在学校后边的花园里，经常可以看到杨靖宇埋头读书看报的身影，各种进步书刊中宣传的新思想深深地吸引着杨靖宇。杨靖宇还主动向第一工业学校的进步教师李清庵、贺光吾、刘梦真等请教，聆听他们的教诲。在学习和探讨中他渐渐发现，只有马克思主义这一科学真理才是打开中国富强之门的金钥匙。于是，杨靖宇加入了"马克思学说研究会"，开始如饥似渴地学习马克思主义，并确立了正确的人生观、价值观和世界观，决心把共产主义作为毕生奋斗目标，为国家富强、人民幸福贡献出自己的一切。

抗日英雄杨靖宇是家喻户晓的民族英雄，然而他的真名马尚德却少有人知晓。

马尚德，因工作需要曾先后化名张贯一、杨靖宇，1929年由党中央派遣到东北工作。九一八事变后，从事领导抗日武装斗争工作，曾任东北抗联第一军军长。马尚德离开确山时，儿子马从云3岁，女儿马锦云刚刚满月。

马继志和爷爷长得非常像

对于杨靖宇这个英雄的名字，马从云、马锦云兄妹俩早有耳闻，只是没有想到的是杨靖宇就是他们日夜想念的父亲。直到1951年调查组找到他们时，才知道父亲到东北后已经改名为杨靖宇了。后来，马从云在河南信阳铁路学校毕业后，被分配到郑州铁路局材料厂任职，然后又有了儿子马继志。

艰苦抗战 威震敌胆
——著名抗日英雄杨靖宇

# 抑制日货援北伐　确山暴动显才能

发生在1924年至1927年的大革命，是中国共产党与国民党建立革命统一战线，共同反对帝国主义和封建军阀的斗争。杨靖宇积极投身于这场革命，在斗争的烈火中得到熔冶和淬砺。

1925年5月30日，上海的工人、学生抗议日本帝国主义枪杀工人顾正红，英国巡捕公然向示威群众开枪，制造了震惊中外的"五卅惨案"。消息传出，全国人民无比愤慨，在中国共产党领导下，迅速掀起了轰

"五卅惨案"旧址

轰烈烈的反帝爱国斗争浪潮。6月，开封各界群众声援上海工人、学生的斗争，也如火如荼地开展起来。杨靖宇作为第一工业学校的学生代表，带领同学们走在斗争的前列。在积极参加大规模集会、游行、罢课活动的同时，他把学生组织起来，成立仇货（即英国货、日本货）检查队，深入车站、商店，查处英、日商品；成立募捐队，走街串巷，募集捐款，援助上海工人、学生的斗争；成立讲演队，在群众中开展宣传，揭露帝国主义的侵华暴行和罪恶目的。

7月初，开封教育当局为了抵制学潮，将暑假提前，迫使多数学生返乡，只有少数学生留校坚持斗争。遵照党组织的指示，杨靖宇和二十几个同学回到家乡开展反帝爱国宣传工作，同学们推选杨靖宇为负责人。

开封

艰苦抗战 威震敌胆

——著名抗日英雄杨靖宇

杨靖宇和张耀昶一
起，带领返乡的同学
们，在确山县立高等
小学、东关和南高庙
等处各办一所夜校，
参加学习的共有百余
人。在夜校中，同学
们教文化，讲时事，
宣传反帝爱国的道
理。

杨靖宇在县立高
等小学组织夜校并担任教员。与此同时，他还带领同
学们深入农村，挨家挨户向农民进行反帝爱国宣传，
分析中国贫穷落后的原因，鼓励农民振奋精神，投入
反帝反军阀的斗争。整整一个暑假，杨靖宇废寝忘食
地奔走呼号，家乡到处留下杨靖宇的足迹，乡亲们耳
边常常响着杨靖宇的声音，杨靖宇把反帝爱国的思想
播撒进农民的心田。

1926年2月，直奉军阀勾结，调集重兵，攻打国
民革命军，维护其军阀统治。7月1日，广东革命政府
在中国共产党的影响和推动下，发布《北伐宣言》，国
民革命军迅速北伐。以共产党员为骨干的叶挺独立团

一马当先，8月下旬在湖北咸宁汀泗桥、贺胜桥等战役中连战皆捷，使直系军阀吴佩孚部土崩瓦解。

在吴佩孚盘踞的河南，中共党组织发动群众，声援北伐，杨靖宇是一名积极的参与者。他以各种方式宣传北伐，鼓舞民心。杨靖宇的宣传有说服力、有魄力、有鼓动力，收到了很好的效果。在北伐军节节胜利、河南指日可取之际，不甘失败的反动当局以戒严、搜查、逮捕等手段镇压革命运动。但杨靖宇继续积极工作，在一次越墙离校开展宣传活动时，险些被捕。

由于杨靖宇积极投身大革命洪流，立场坚定，意志坚强，1926年秋，经张耀昶、姚建宇介绍，他光荣地加入了共产主义青年团。就在这时，为了配合河南党组织开展农民运动，党派在上海大学学习的共产党员张家铎等来到河南确山。此时，杨靖宇已结束了第一工业学校初级班

反动军阀吴佩孚

的学习。根据党的指示，杨靖宇放弃了升入高级班学习的机会，毅然返乡，配合张家铎等准备发动农民运动，迎接更大的革命风暴。

杨靖宇回到家乡后，首先遇到的问题是如何对待红枪会。由于河南地处中原，位居要冲，历来为兵家必争之地，封建军阀更在此屡开战端，兵痞遍地，多如牛毛，1926年全省驻军竟达30万人。兵多饷多，封建军阀不管农民死活，采取各种手段肆意搜刮，甚至将田赋丁漕款预征到1932年。恶战频繁，败者为匪，河南已成为"土匪世界"。兵匪一家，官匪合流，土匪的烧杀抢掠和官绅的敲诈勒索，一起加害于广大农民身上。

确山县的四大劣绅以给驻军筹集粮款为名，成立"兵策局"，发捐条、印纸券，巧立名目，横征暴敛。所筹银粮，层层克扣，到士兵名下已所剩无几。于是，士兵强抢掠夺日甚。他们三五成群，横行乡里，抢粮抢钱，奸淫妇女，滥杀无辜。无法生存下去的农民，为了自卫和抗捐，纷纷组建红枪会。一时间，河南各地几乎村村开馆，庄庄设堂，青壮年男子大都参加了红枪会。尽管这一组织的成员、性质都很复杂，有的是地主武装的变种，有的是农民防匪抗捐的自愿组合，也有的是豪绅与土匪勾结打着为民请命旗号的惯匪，但从整体上看，红枪会的成员大多是仇视封建军阀的农民群众，多数是可以争取的力量。

与此同时，国共合作共同领导的抗捐抗税、驱逐军警的农民运动也在秘密展开，河南的很多县区建立了农民协会。杨靖宇回到确山后，就和张家铎、张耀昶等日夜奔忙，串连鼓动，与农民谈话，召开秘密会议，着手建立农民协会。根据党对红枪会的政策和策略，杨靖宇和张耀昶对农民出身、反对军阀统治意识较强的红枪会首领徐耀才、张广汉等开展工作。经过耐心的宣传启发，徐、张的思想进步很快，他们领导的红枪会成为农民运动的基本力量。他们表示拥护革命，愿意听从革命党指挥。

1926年11月，为了加强对豫南地区农运工作的领导，中共河南省委决定成立驻马店特别支部，张家铎为书记。在驻马店特别支部的直接领导下，确山县的农民运动发展得更加迅猛。1927年2月15日（农历正月十四），在洪沟庙镇的玉皇庙召开了确山县农民协会成立大会，杨靖宇在大会上讲话，并被推举为执行委员会委员长。就在这天，直系第八军士兵到县城东北的董庄抢粮并毒打农民，被红枪会扣留。杨靖宇等农会领导获悉，号召农民组织自卫军，齐集城北，声讨第八军。

杨靖宇领导确山起义的"犁头旗"

2月15日至17日，各路农民自卫军、红枪会聚集城下，群情激愤。县长王少渠吓得面如土色，承认军士有"滋扰情事"，一方面泣求驻军暂缓用兵，一方面派人与农会领导交涉，请乡绅劝红枪会首领忍退。杨靖宇等农会领导对前来交涉的人提出，驻军和官府今后不得再任意征收苛捐杂税、军队给养，方可考虑撤退。迫于已经组织起来的农民的强大威力，王少渠被迫接受了农会的要求，一场党领导的农民斗争胜利了。对这场斗争，天津《大公报》、北京《晨报》都作了报道，字里行间洋溢着对农民的同情、对农民运动的赞美。

1927年3月中旬，在确山县城北大街赵凯文家，杨靖宇与张家铎、张耀昶等召开会议，根据举行确山农民暴动条件已经成熟的情况和中共驻马店特支的决定，确定在农历三月初三（公历4月4日）"亮牌"（即武装示威），伺机暴动，以配合北伐军向河南推进。

4月4日清晨，杨靖宇和张家铎、张耀昶等来到县城东关大操场，升起鲜艳的农会会旗，把两张八仙桌并在一起当主席台，迎接来自全县的农民。上午10时，农民协会和红枪会的成员高举红旗，高呼口号，手持大刀、长矛，一路敲锣打鼓，从四面八方陆续进入会场。至中午，约有2万人入场，县长王少渠也被迫到会。中午时分，"亮牌"大会开始，人们高呼"打倒帝国主义"、"打倒军阀"、"打倒贪官污吏"、"打倒土豪劣绅"、"反对苛捐杂税"等口号，杨靖宇等代表全县农民讲话，要求县长王少渠交出四大劣绅，清算他们的罪行；取消苛捐杂税，不再派车拉夫；清查县政府帐目，释放因抗捐被关押的农民。王少渠满口应承，大会当场放他回城。

第二天，农会从早晨等到傍晚，王少渠一直未交出四大劣绅。农会派出代表交涉，王少渠避而不见，故意委托一个军人出面应付。经查，王少渠自会场回城后，不仅躲进城隍庙，放走了四大劣绅，而且在全城布防，派众多荷枪实弹的官兵把守城头，用沙袋堵

住城门。王少渠的所作所为，激怒了农民群众，人们纷纷加入围城行列，附近各县的红枪会也前来支援，围城人数由原来的两万人增至四五万人。京汉铁路上行驶的火车听从暴动农民指挥，把确山作为临时终点站，免费运送支前农民及物资。确山城外的村村户户住满了参加暴动的外地农民，《国民革命歌》响彻原野，烧水做饭的火焰照红夜空，老人、妇女和孩子们自愿为前线农民送水送饭，人民革命的热潮在确山激荡。

4月6日，信阳道尹于庭鉴受第八军某旅旅长的委托，到确山调停。杨靖宇和张家铎、李则青等代表暴动农民与于庭鉴谈判时，城头的官军士兵突然开枪，当场打死两名暴动农民。广大农民再也抑制不住心头的怒火，决心攻下确山县城，为死难弟兄报仇。谈判当即停止，中共驻马店特支迅速作出决定，抓住有利时机，立即攻城，由杨靖宇和张家铎、张耀昶三人组成攻城指挥部。

4月6日夜，攻城战斗开始了。杨靖宇指挥四五万暴动农民，向反动势力盘踞的确山县城发起了猛烈进攻。农民自制的"九节雷"土炮和步枪一齐向城上开火，治安委员会成员组织人民群众积极支援北伐军，救护伤员，传递情报，送饭送水，充当向导，侦察敌情，扰乱敌人后方。为解前方运输紧张之急，杨靖宇等临时治安委员会成员全部下乡找车，亲自把各种物资送往前线。每当胜利的喜讯传来，临时治安委员会就召开庆祝大会，以鼓舞士气，振奋民心。

确山暴动的胜利，引起强烈的反响。武汉国民政府为祝贺这一胜利，向确山农民协会赠送了一面锦旗，上面写着四个大字："革命先锋"。

杨靖宇出色地领导了这场斗争，表现了卓越的才能。据参与领导确山暴动的李则青回忆：杨靖宇"沉着、敏捷、坚毅，平时不大爱说话，但在开会演讲时讲得生动有趣，深入浅出，富有感染力，很受群众欢迎。在县农协、县政府、县党部，他工作热情积极，表现出非凡的组织和领导才能。"1927年6月，中共驻马店特支根据杨靖宇的申请和表现，同意接纳他为中国共产党党员。

## 领导农运身负伤　智勇双全巧避敌

随后，杨靖宇又率领农民革命军来到信阳、确山交界的明港一带活动。在这里，杨靖宇等农民革命军领导人充分利用敌人的内部矛盾，消灭了为非作歹的大土豪李文相（民团团长）、童肖九两支地主民团武装，从而扩大了农民革命军的影响。在此前后，杨靖宇率领的农民革命军，先后枪毙了在确山强征钱粮的税务局长高国典，铲除了任店大恶霸徐二头，击毙了豫南反动"红枪会"司令王杰英，镇压了刘店大土豪、东十保民团总带、县东"剿共"司令邹宪斌。

在这期间，中共豫南特委书记王克新来到农民革命军中，与杨靖宇、李鸣歧共同领导游击战争。11月中旬，在王克新主持下，召开了豫南特委驻马店办事处、确

山农民革命军总指挥部和确山县革命委员会联席会议，总结了以往的经验教训，研究了今后革命的发展方向，同时对如何整顿党的组织、发动群众、开展武装斗争等问题，作出了六项决议。会议决定"找一形势甚佳，可战可守之根据地点作为经常斗争之中心"。建立根据地是当时革命斗争的迫切要求，杨靖宇等较早地提出了这一思想。

联席会议之后，豫南特委决定对农民革命军进行整编和纪律整顿，成立了司令部和政治部，王克新、杨靖宇、李鸣歧、张家铎等人组成司令部，杨靖宇任总指挥，李鸣歧任党代表，蔡训明任政治部主任，张立山负责后勤供应和财务。同时对部队内部的不良分子进行清除。通过整顿使农民革命军组织性、纪律性得到加强，战斗力得到了提高。

正当杨靖宇等根据联席会议精神，率队西进小乐山准备建立根据地时，确山县县长高子元和驻确山国民军第三旅旅长张德枢奉国民党河南省政府"剿匪"总司令部的"痛剿之令"，于1927年11月末，拼凑了500多人的反动武装，对农民革命军的根据地——刘店发起了疯狂的"围剿"。当时，农民革命军正在汝南县的王楼境内，他们活捉土豪吴清士，将他家的粮仓打开，把粮食分给贫苦百姓。12月2日晨，敌人向农民

024

革命军扑来。面对突如其来的变故，杨靖宇等农民革命军领导人，一方面组织领粮的群众向北转移，另一方面又在村南、村东、村西三面设下埋伏准备应战。敌人看见许多人向北撤走，误以为农民革命军惧战而逃，便涌进村内。当敌人走到王楼村头时，埋伏在打谷场草垛后的第一中队，首先向敌人发起进攻。紧接着，埋伏在村东树林中和村西竹林里的两个中队也在杨靖宇的指挥下，向敌人开火。慌忙逃窜的敌人，在村南柏树林处又遭农民革命军猛烈射击。面对10倍于已的敌人，杨靖宇指挥农民革命军英勇冲杀。那些没枪的队员们也挥舞大刀，与敌人进行顽强拼搏，杀得敌人四处奔逃。

由于农民革命军没有估计到形势的严重性，暂时击退敌人后未及时转移，敌人趁机占据了河堤的有利地形，使农民革命军完全暴露在敌人的火力控制之下，在敌人组织第二次反扑时，农民革命军本应避实就虚，却仍然组织队伍冲锋。此次战斗虽毙伤敌人60多人，但农民革命军也遭受很大损失，杨靖宇腿部受伤，张家铎中队长左臂中弹，豫南特委书记王克新不幸牺牲。杨靖宇负伤后，农民革命军在李鸣岐的指挥下，转移到确山县西北的小乐山进行休整，不久向四望山挺进，着手创建四望山革命根据地。

敌人到处搜捕杨靖宇，使负伤后的杨靖宇不得不四处转移，他先后在驻马店的普济医院和小郭庄、张庄、周庄的亲戚家进行治疗和休养。杨靖宇在驻马店普济医院治疗期间，因为院长是杨靖宇在开封读书时同学的父亲，所以医院对杨靖宇照顾得非常周到。一天，一群国民

年轻时的杨靖宇

党兵从火车上下来直奔医院而来，杨靖宇一看躲藏已经来不及了，于是他灵机一动，把脸涂了一些污泥，装作是医院的勤杂工，在吱吱作响的井台辘轳上绞着水。由于杨靖宇衣着简朴，长时间在农村打游击，胡子和头发又多天没有修剪，再加上腿部负伤，看上去身体虚弱、面容憔悴，还真像一个整日劳作的工人。杨靖宇镇定自若地摇着辘轳，国民党兵上下打量了杨靖宇几眼，匆匆而过。

1928年春节后，杨靖宇腿伤还未痊愈，就请求到豫南开辟农村革命根据地。当时正值2月初，中共河南省第三次代表大会刚刚结束，会议决定发展豫南的游击战争，创建豫南革命根据地。杨靖宇被任命为豫南特委委员，负责武装斗争的组织工作。

国民党反动派抓不到杨靖宇，就对杨靖宇的家庭横加迫害。杨靖宇的家被抄5次，东西被抢光，房屋被烧，全家老少东躲西藏，妻子带着儿子逃到小郭庄的娘家避难，母亲到花山口陶楼杨靖宇的姥姥家躲避。

1928年3月23日，杨靖宇的女儿出生。杨靖宇于女儿出生的第五天赶到岳父家。一家人在这里团聚，母亲悲喜交加，哽咽着说："你走的路，妈不拦你。妮子生下5天了，你得给起个名儿呀！"杨靖宇琢磨了一会儿说："眼下革命处在低潮，但高潮一定会到来的。你们先躲避一些天，总会有好的时候。我看这妮的名子就叫'躲儿'吧！"。意思是不让女儿忘记国民党反动派的迫害。杨靖宇的母亲点头说："好！就叫'躲儿'。"从此，"马躲"成了杨靖宇女儿的乳名。1928年夏，敌人又到李湾村抄杨靖宇的家。为了不连累亲朋故友，杨靖宇的妻子带着两个孩子，搀扶着年迈的婆婆，在野外躲藏了一个月。

后来，"躲儿"在艰苦的岁月里渐渐长大了。一天，杨靖宇的母亲打开手中的包袱，对"躲儿"说："这里面有你爹的一张像片、三本书、一件衣裳，咱分开拿，不要叫白匪军抢了去。""躲儿"叫母亲把自己的小薄棉袄里子从后背心拆开，把父亲的像片缝在里面。此后，每当遇到困难或遭到敌人迫害的时候，杨靖宇的妻子总是把"躲儿"的小棉袄后心里子拆开，拿出杨靖宇的像片，含着眼泪看啊看……。一次，杨靖宇的妻子把照片摆在女儿面前，眼含热泪说："你们要把像片保存好，等革命成功了，红军回来了，拿着像片去认你爹。"在国民党反动派的残酷迫害下，杨靖宇一家困苦不堪，度日如年，母亲和妻子先后病故。

1928年5月上旬，中共豫南特委派杨靖宇以特委巡视员身份到信阳巡视工作，并着手恢复同年4月被

信阳

破坏的党团组织。经过杨靖宇的艰苦努力，党团工作得以恢复，至5月末，已有80人参加了重新登记。同年7月，中共信阳县委重建，杨靖宇任书记。由于敌人到处缉捕杨靖宇，根据领导的建议，杨靖宇将原名马尚德改为张贯一，以从母姓，牢记慈母培育，"一以贯之"地坚持革命。

在信阳，杨靖宇有时化装成挑着担子锔锅锔碗的"轱辘匠"，走街串巷，开展党的地下工作；有时化装成学生到师范学校从事党的秘密活动。一个周末，杨靖宇到信阳小南门外河边沙滩上，召集河南省立第三师范学校党团积极分子开会。突然，带着马队到河边饮马的一个西北军的骑兵连长走过来说："你们这些学生是在开会吧，可不要干共产党，那个搞不得！"顿时，大家被他的话搞得非常紧张。只见杨靖宇欠了欠身子对那位连长摆摆手说："你可真会开玩笑，我们是星期六没事出来转转，顺便坐下来闲聊天，谁知道共产党是啥样呢？"那个连长见没有什么可怀疑的，便牵马离开了。会议一直开到日落西山他们才离去。

1929年3月初的一天，几个便衣侦探到原信阳县委交通员吴少堂家搜查，杨靖宇正好在这时来到吴家。在这个危急的时刻，吴少堂的嫂嫂急中生智，冲着杨靖宇说："我家就欠你二斗米钱，你今天一趟，明天一趟，天天来要，太逼人了。"杨靖宇一听此话，顿时明白了，于是当着便衣的面冷静地说："大嫂，你这些话我都听好多遍了。啥都是假的，钱是真的。你今天非给我钱不行，不然我这样空手回去，怎么向老板交帐呢？"他边说边坐下，拿起水烟袋就吸。吴大嫂说："你多在老板面前说些好话，缓限几天，一定给钱。"杨靖宇见几个便衣似乎对他不再怀疑，便慢慢站起来，装作无可奈何地将水烟袋往桌子上狠狠一摔，然后就要走，，但是狡猾的敌人仍然对他半信半疑，遂将他抓到司令部。杨靖宇继续与敌人巧妙周旋，敌人毫无所获，只好将他释放。

1929 年 4 月，党组织派杨靖宇到永城指导工作，此后，杨靖宇受组织派遣，又先后到洛阳、开封开展工作，化名周敏。此间杨靖宇曾两次被捕，均因无供无证获释。

杨靖宇将军

在革命斗争的实践中，杨靖宇深切感到掌握革命理论的重要性。因此，他迫切要求参加学习培训，以提高理论水平，正确总结工作经验。

1929 年 6 月，党组织派杨靖宇前往上海参加中共中央举办的干部培训班。由于时间紧迫和敌人搜捕，杨靖宇未与家人告别就上路了。在训练班上，杨靖宇和参加学习的同志们一道，悉心聆听了周恩来、李立三等领导同志的讲话，对大革命失败的原因有了更深刻的认识，对中国革命的规律和前途有了更明确的理解。

# 铁窗酷刑笑面对　矿城、冰城忙奔走

训练班学习结束后，党组织分配杨靖宇到全国总工会工作。不久，杨靖宇受党的派遣，奔赴东北地区。

杨靖宇到抚顺时，发现矿工中多为山东人，便自称家住与河南省东北部毗连的山东省曹州，名叫张贯一。为便于开展工作，他与工人同吃同住，一起干脏活重活。由于工人们长期受到日本资方的监视，经常有特务混入工人之中，工人吃够了这样的苦头，所以开始时，工人们都用警惕的眼光观察着杨靖宇的一举一动，深怕他是矿上派来的侦探。有时工人们在一起聊天，杨靖宇一来，大家就不讲了。

一天，矿上的一名老人生病了，没钱治病，连下锅米也没有了。他向工头借，不但没有借米钱，还被工头打了耳光，说他故意怠工，要把他开除。杨靖宇听到此

艰苦抗战　威震敌胆
——著名抗日英雄杨靖宇

事后，立即赶到这个老工人家中，把自己仅有的两块银元交给老工人，让他马上治病买米。老工人感动得热泪盈眶，拉着杨靖宇的手说："你来这些日子，我看出来了，你和别人不一样。"杨靖宇说："我和你们一样，都是遭大罪受人欺的煤黑子！"老工人与他说了许多知心话。工人们也发现，这个整天和工人一起干苦活、吃粗饭的"张大个子"，为人正直厚道，对待矿工亲如兄弟，工人们越来越愿意和他接近了，都亲切地叫他"山东张"，谁有为难的事都愿意向他说说，把他当成主心骨。

杨靖宇非常注意工作方法，根据工人的觉悟程度和生活状况，分别采取了工人们容易接受的"拜把子"、组织识字班等形式，把工人们团结在一起，首先以实现增加工资、缩短工作时间等接近矿工实际生活、直接维护工人切身利益的经济斗争为目标，在经济斗争中提高工人的觉悟，再逐渐引导工人开展政治斗争，投入反帝爱国运动。

一次，日本资本家决定裁减工人，大家来找杨靖宇想办法。杨靖宇认为，发动工人开展斗争的时机已经成熟，便对矿工们说："弟兄们，我们绝不能再这样忍气吞声了，不能让日本人骑在我们头上，我们要拿出力量和日本鬼子较量一下，我们要团结起来，相信我们自己的力量!"矿工们说:"老张,你指挥吧,我们以后听你的!"

几天之后,资本家裁减工人的布告一张贴出来,工人们便立即按照杨靖宇的部署开始罢工。愤怒的矿工在杨靖宇的带领下,闯进日本资本家的办公室,展开说理斗争。这次罢工,坚持了4天,最终迫使资本家答应了工人们提出的"召回被裁工人,缩短工时,增加工资"等合理要求。这次斗争的胜利,使人们更加相信杨靖宇。

经过杨靖宇的艰苦工作,抚顺的党团组织很快恢复和发展起来了,工人斗争也有了新的发展。在古城子、北大井、老虎台等一些重要的矿井和矿工居住区,抚顺特支都派了党团员去开展工作。日本人惊呼:"自1929年共产党分子潜入煤矿以来,工人思想显著恶化",有"事变的前兆"。为此,日本人派出大批的特务、侦探,搜寻和破坏中共地下党组织的活动。

1929年8月1日是共产国际规定的国际赤色日,中共中央通知各大城市在"八一"举行游行活动。对于这种带有严重"左"倾色彩的指示,杨靖宇并未完全执行,只是根据实际情况,以贴标语、撒传单的方式表达工人阶级的革命要求。7月26日,特支派王振祥和另一名同志贴标语时,被警察发现,两人分头逃脱。

但这次公开张贴标语活动，引起了敌人的注意，更加大了刺探中共地下党组织的力度。

8月30日上午，日本警察署根据内奸范青的秘报，逮捕了王振祥。王振祥供出了党的组织及活动情况。当日下午，抚顺日本警察将杨靖宇的住处包围。傍晚，杨靖宇一回到客栈，即被早已埋伏在这里的巡警逮捕。

1929年10月中旬，杨靖宇被解送到抚顺地方法院，根据所谓"暂行反革命治罪法"，对杨靖宇以"反革命嫌疑罪"判处有期徒刑一年零六个月。宣判后，杨靖宇被关押在奉天第一监狱。

入狱后，杨靖宇首先把因所谓的反革命罪、内乱罪而被判刑的五六名难友组织起来，向他们讲述革命理论。对于一切可以争取教育的人，杨靖宇都是耐心细致地做他们的思想工作。杨靖宇还经常替狱中没有文化的"犯人"写申诉书信、帮助看守写假条或者买卖土地的文书等。

大年初一清晨，当狱中杂役将饭菜拿来之后，所有的"犯人"都不去打饭。看守们见状，立即报告给狱监。狱监派一名科长来听"犯人"的要求，杨靖宇代表"犯人"就饭菜质量提出质疑。典狱长怕"犯人"闹事，被迫答应大家的要求，表示今后的伙食一定按规定供给。绝食斗争取得了胜利。

1931年4月下旬，杨靖宇刑满释放。出狱后，杨靖宇住在奉天（今沈阳）一所由党的外围组织——"互济会"的同志开的旅馆里。由于杨靖宇参加过一次"互济会"的会议，敌人在"互济会"一位被捕同志的日记本上发现了杨靖宇的名字（张贯一）和住址。杨靖宇遂于出狱后的第三天，再次被投进监狱。这是杨靖宇第五次入狱。

抚顺露天煤矿

艰苦抗战 威震敌胆
——著名抗日英雄杨靖宇

党组织非常关心杨靖宇及狱中的其他同志，千方百计地营救他们。几个月之后，"九一八"事变爆发，中共满洲省委利用这一时局动荡的有利时机，向中央请拨一笔经费，花钱疏通"关系"，把杨靖宇等一批共产党员从狱中全部营救出来。

杨靖宇终于结束了二年零三个月的监狱生活，又投入了新的斗争。

1931年9月18日，日本帝国主义悍然发动对中国东北的武装侵略，由于蒋介石国民党政府采取不抵抗政策，东北的大好河山沦陷敌手。

"九一八"事变爆发的第二天，中共满洲省委就发表了宣言，揭露日本帝国主义的侵略罪行，号召东北人民行动起来，抵抗日本帝国主义的侵略。由于中共满洲省委驻地奉天（今沈阳）已被日军占领，省委又

于1931年11月遭到敌人破坏，为了更好地领导东北人民开展抗日斗争，满洲省委根据中共中央指示，于12月迁到尚未被日军占领的哈尔滨。

杨靖宇出狱后，便前往哈尔滨，要求省委重新分配工作。

两年多的监狱生活，使杨靖宇患上了严重的关节炎，胸部也因敌人灌辣椒水而时常疼痛难忍，身体非常虚弱。省委考虑到杨靖宇在狱中饱受摧残，想让他好好休息一下，等身体复原之后再给他分配工作，而杨靖宇却说："现在国难当头，我怎么能呆得住？"在杨靖宇的迫切要求下，省委决定由他接替全满反日总会党团书记冯仲云的职务，同时兼任哈尔滨市道外区委书记。此后，杨靖宇日夜奔走在工厂、铁路、码头和学校……在工人、学生及市民中间，发展反日会组织，动员人民群众参加反日爱国斗争。

杨靖宇在哈尔滨工作期间，生活条件非常艰苦。他经常穿一件又旧又破的灰布大褂，脚上穿着"张嘴"

艰苦抗战　威震敌胆
——著名抗日英雄杨靖宇

的布鞋，光着头在风雪中行走。当时，党的地下工作者每人每月的生活费是9块"哈大洋"，他经常把节省下来的钱补贴到工作上或帮助其他同志解决困难，而自己却从不乱花一文钱。组织上曾派一位同志来协助杨靖宇工作，这位同志看到杨靖宇的生活非常艰苦，出于对杨靖宇的尊敬和爱戴，时常把自己的生活费省下来给杨靖宇改善伙食。一次在开会回来的路上，这位同志把杨靖宇领到一个小饭店里吃了一顿。杨靖宇问他："你对别的同志也这样吗？""不是。"这个同志非常坦率地回答。杨靖宇严肃地对他说："那为什么对我这样照顾呢？我的生活也很不错嘛，你这样照顾我，使我很不安。如果能把这些钱交给党，作为党的活动经费，不比这样吃到肚子里和穿在身上更有意义吗？要知道，现在对于党，一文钱都是不可多得的。"

1932年1月，日本侵略军不甘心上年11月在嫩江桥被以马占山为首的抗日义勇军痛击的惨败，一面重新调遣兵力向哈尔滨进犯，一面"邀请"马占山在松花江北的松浦举行谈判，企图诱骗马占山投降。杨靖宇得知这一情况后，马上赶到松浦，在工人中揭露日本帝国主义假谈判真侵略的阴谋，通过呼（兰）海（伦）路党组织提醒马占山不要上当受骗。为阻止日军进攻马占山部，杨靖宇协同呼海路党组织带领铁路工人将松浦站的机车全部开到绥化，把呼兰铁路桥拆毁，切断铁路交通，使日军这次诱降马占山部义勇军的计划破产。

1932年2月5日，日军侵占哈尔滨。有一次，杨靖宇带着机密文件从省委出来，发现在回去的必经之路上有日本哨兵正对来往行人严加盘查。他急中生智，沉着冷静地朝着敌哨兵走去，并且若无其事地解开布衫，主动地让敌人检查。就在他解开衣扣的瞬间，杨靖宇趁敌人不备，把文件掖进了卷起的袖筒里，结果敌人没有从他身上翻出任何东西。

1932年夏天，哈尔滨遭受了罕见的水灾，滔滔的洪水把沿江两岸的房屋冲垮淹没。马路上到处是无家可归的难民，全市有一半以上的人口受灾，许多难民无衣无食，住在简易的窝棚里。为了揭露日伪当局不顾百姓死活、不修护江堤、不提前设防的罪行，杨靖宇来到难民中间进行演讲："同胞们，我们不能做无知的愚民，大家要想想，是谁不修江堤？不顾我们的死活？是谁在敲诈勒索？……"他的话讲到了人们的心坎上，难民们群情激愤。杨靖宇利用这一时机，组织党员和进步青年，向他们宣传抗日救国的道理，并领导难民向伪市政当局展开反饥饿、争生存的斗争。由于杨靖宇指挥有方，难民们团结一致，伪当局害怕发生不测，被迫答应难民提出的条件，斗争取得了胜利。

在哈尔滨工作期间，杨靖宇于1932年5月担任了中共哈尔滨市委书记。由于杨靖宇的努力，哈尔滨党组织得到迅速发展，尤其是呼海路一些较大的车站都建立了党的支部或小组，在司机、司炉、乘务员、扳道工人中都发展了党员，省委印发的标语传单一夜之间就能在呼海路沿线张贴出去。与此同时，共青团和反日会也有很大发展，它们在党的领导下积极开展反日活动，甚至在伪满统治机构的办公桌上都时常会出现一些反日小报或反日传单，使敌人防不胜防。

# 南满巡视组游击　发动群众共抗日

1932年9月，中共满洲省委根据工作需要，决定由杨靖宇兼任省委军委书记，在负责市委工作的同时兼管士兵运动和建立抗日武装工作。从此，他又把全部精力投入到建立党领导的抗日武装，领导开展东北抗日游击战争的工作中。

1932年11月，杨靖宇以中共满洲省委特派员的身份，到南满的磐石等地巡视，推动反日武装斗争。从此，开始了领导南满抗日游击战争的历程。

杨靖宇将军

"九一八"事变后，东北地区曾出现各种名目的抗日义勇军，自发地反抗日本帝国主义的侵略，但由于缺乏统一指挥和明确的政治纲领，仅战斗一年左右就大都溃散了。在义勇军坚持斗争期间，中

艰苦抗战　威震敌胆
——著名抗日英雄杨靖宇

共满洲省委一面推动和协助义勇军的抗日武装斗争，一面派出党员干部到磐石、延吉、珠河（今尚志）、汤原等地发动群众，建立党直接领导的抗日武装。

磐石位于吉林省的东部，这里除汉族外，还居住着许多朝鲜族群众。早在1929年，磐石就有党员活动。1931年8月，经中共满洲省委批准，磐石县委改组为中心县委，领导磐石、双阳、伊通、永吉、西安（今辽源）、辉南、桦甸等县的斗争。

"九一八"事变后，磐石中心县委于1932年2月至5月，发动和领导了三次大规模的反日斗争，激发了人民群众的反日爱国热情。1932年6月4日，在原来保卫县委机关的"打狗队"的基础上，建立了"磐石工农反日义勇军"。

但是，由于"左"的错误干扰，又缺乏武装斗争经验，致使部队屡遭挫折，加上思想政治工作薄弱，队内思想混乱，士气低落。就在工农反日义勇军处于危机的时刻，党派杨靖宇到南满巡视工作。

杨靖宇在率队返回磐石的途中，每到一地都召开群众大会，宣传中国共产党的抗日主张，在桦甸县北部一带把反动地主的粮食分给当地群众，因而人民群众热烈欢迎自己的队伍。在磐石县石虎沟，杨靖宇又指导部队进行了整顿，清除了队内的土匪、流氓分子。

经过整顿的南满游击队，一派生机，游击队员个个摩拳擦掌，都想着如何在反日游击战争中杀敌立功。队伍行进到桦甸、磐石交界的郭家店时，处决了恶贯满盈的土匪头子于宽，缴获大小武器20余支。当地群众对此无不拍手称快，称赞红军游击队为民除害，使游击队员倍受鼓舞，士气大增。紧接着，杨靖宇又指导磐石中心县委在石虎沟召开扩大会议，回顾历史，分清是非，肯定成绩，批评错误，进一步明确了今后的方向，改组了县委领导班子，党组织的战斗力得到增强。

在领导骨干提高认识的基础上，杨靖宇开展了这样三项工作：

（一）召开追悼会，悼念游击队建立以来为抗日救国牺牲的战士。

（二）加强队伍建设，调整领导骨干。

（三）积极开展抗日游击战，扩大武装抗日的成果。

艰苦抗战　威震敌胆
——著名抗日英雄杨靖宇

杨靖宇蜡像

游击队的抗日斗争得到人民群众的支持，乡亲们热情送来各种慰问品，青壮年踊跃报名参军。杨靖宇率领的中国工农红军第三十二军南满游击队这支党领导的抗日武装，就象一只熠熠生辉的火炬，给正在日伪黑暗统治下痛苦挣扎的同胞带来了光明和希望。

在南满游击队的打击下，日伪当局深感南满游击队对其统治的威胁，必欲除之而后快。时任伪吉林省省长的大汉奸熙洽，于1933年1月下旬，发出"围剿"抗日武装的通令，叫嚣要在"冬深木落，'匪'失凭籍"之机，"迅即整饬警团，严重痛剿，务将零星小股，克日剿除，以靖地方。"于是，由日伪军组成的"讨伐队"相继开进磐石山区，对南满游击队和其他抗日武装进行"围剿"。这对刚刚发展起来的游击队，无疑是一次巨大考验。从1月末至5月初，杨靖宇指挥游击队先后粉碎了敌人四次大规模的"围剿"。

南满游击队的抗日游击斗争不仅在南满地区的人民群众和抗日义勇军中广泛受到欢迎，在伪军中也产生了强烈的反响，许多人翻然醒悟，不想再给日本侵略者卖命。他们有的在战场上放空枪，有的干脆投向游击队。

1933年5月28日之夜，在共产党员曹国安、宋铁岩等策动下，驻磐石县烟筒山镇的伪吉林警备军第五旅第十四团迫击炮连50余人举行起义，他们击毙反动连长，携带迫击炮1门，步枪50余支，炮弹80发，子弹数万发，加入南满游击队，受到杨靖宇和全体游击队员的热烈欢迎，被编为南满游击队迫击炮大队。杨靖宇出任南满游击队政委后，游击队转危为安，节节胜利，在人民群众中的威信日益提高。杨靖宇率领南满游击队进行的英勇斗争，向人民群众展示了中国共产党坚决抗日的主张，使人民群众增强了抗战必胜的信心。从此，杨靖宇率领英勇的游击队指战员，在崇

东北抗日联军骑兵部队

山峻岭中摆开抗日游击战争的战场，在与武装到牙齿的日本侵略者的生死搏斗中，挥扬着自己的胆识和力量。

杨靖宇深入南满武装抗日第一线后，亲眼看到在已经成为日本殖民地的东北地区不加区别地实行土地革命的方针，给抗日斗争造成的危害。因此，他在实践中努力纠正"左"的倾向，积极争取更多的抗日力量，集中打击日本侵略者。

1933年5月中旬，杨靖宇按照中共满洲省委的通知，北上哈尔滨，参加重要会议。此次，杨靖宇在哈尔滨住了半个多月，首先详细地向中共满洲省委汇报了南满抗日游击运动的形势，然后学习领会中共中央的"一·二六指示信"。

"一·二六指示信"是根据共产国际执行委员会第十二次全会的精神和部分参加过东北抗日斗争同志的汇报，在共产国际的指导下，由中共驻共产国际代表团以中共中央的名义于1933年1月26日写给东北党组织的指示信，全称是《中共中央给满洲各级党部及全体党员的信——论满洲的状况和我们党的任务》（简称"一·二六指示信"）。这封指示信于1933年学习讨论，联系"北方会议""左"的主张给东北地区抗日斗争造成的危害，省委认为"一·二六指示信"基本正确，决定接受并尽快贯彻下去。杨靖宇到达哈尔滨后，省委向他传达了"一·二六指示信"以及省委接受这一指示的决议。省委决定任命杨靖宇为省委代表，正式调南满地区工作，领导南满抗日斗争。

6月上旬，满怀喜悦的杨靖宇，回到崇山峻岭之中，他要根据党中央关于建立反日统一战线的方针，动员和团结成千成万不愿作亡国奴的人们，在南满大

中共满洲省委旧址

——著名抗日英雄杨靖宇

艰苦抗战 威震敌胆

地摆开抗日游击战争的战场。杨靖宇首先向磐石中心县委和南满游击队领导传达了中央的"一·二六指示信"以及省委的有关决定，接着和同志们深入研究建立反日统一战线的途径。

当时，在磐石等地建立反日统一战线需要解决的重要问题是如何争取和团结众多的义勇军、山林队一道抗日。这些义勇军、山林队一般都按当地土匪的习惯报号，人数众寡不一，信仰主张各异，情况十分复杂。他们中有旧东北军余部，但来自农民者居多；有的杀富济贫，有的胡作非为；有的抗日比较积极，有的摇摆不定；有的以"合枪合财"或"合枪不合财"的方式建立一定的组织联系，但多数各自为政，很少联系。

日伪当局十分仇视这些抗日义勇军和山林队，必欲除之而后快。他们派重兵"讨伐"，重金悬赏捉拿义勇军、山林队首领或取其首级。在义勇军、山林队陷入困境的时候，杨靖宇组织游击队员主动帮助他们，以送书信、发传单、派人员等方式与他们联系，争取团结他们一致抗日。

为了扩大反日统一战线，更加有力地打击敌人，粉碎敌人的"围剿"，中共满洲省委于7月10日以磐石人民革命军的名义发表了《为反对日本强盗围剿义勇军宣言》。根据宣言精神，杨靖宇率领南满游击队以不投降，不卖国，与日伪军作战到底；拥护工农及一切反日群众的斗争；允许民众自动武装和帮助民众武装等为条件，与千余人的各抗日义勇军、山林队建立了作战联盟关系，同时以避敌主力，攻敌薄弱，主动出击的战术，连续与日伪军展开多次规模较大的战斗。

7月12日傍晚，杨靖宇率领南满游击队和"毛团"等抗日义勇军组成的千余人的联合军，进攻伊通县营城子镇。伪警察第一、第六两个中队负隅顽抗，终被勇猛的联合军击溃，营城子镇被联合军占领。伪县长得知营城子被攻击的消息后，惊恐万分，哀求日军堤中尉出兵救援。堤中尉与另两个日本军官率日伪军150人驰援。13日清晨，日伪军进攻占据营城子镇的抗日联合军，双方展开激战。联合军俘虏伪警察6人，伤敌2人，缴获大量物品。

为了发挥抗日统一战线的作用，共同打击敌人，杨靖宇召开抗日军联合参谋部各部首领会议，决定联合攻打磐石县东部重镇东集场子（今呼兰镇）。南满游击队与"毛团"、"殿臣"等各抗日军共出动1500余人，从8月13日开始，对东集场子实施围攻。这次战斗，是抗日军联合参谋部成立后，采取的一次大规模

的联合行动。在三天三夜的战斗中，联合军把东集场子围得水泄不通，毙伤日伪军20余人，尤其是击毙死心塌地效忠日本侵略者的反动地主武装头子高锡甲，更是大快人心。战斗结束后，参战各部异口同声地称赞南满游击队指挥得力，作战英勇，冲锋在前，退却在后。

攻打东集场子战斗结束几天之后，杨靖宇又得到群众报告，东集场子的敌人近日将去磐石县城领取给养和弹药。获此情报后，杨靖宇率队在敌人返回时必经的哑巴梁子埋伏下来。敌人的给养队如期返回，早已埋伏在这里的南满游击队突然出击，毙伤敌人10余人，缴获大批军需物资。这次伏击战，打得敌人魂飞魄散，侥幸逃回磐石县城的敌人惊恐地说："到哪都遇到红军"。从此，一提起红军，磐石一带的敌人就吓得胆战心寒。

杨靖宇指挥南满游击队联合抗日义勇军对日伪军频繁采取军事行动的地区，是距日伪统治中心——伪新京（今长春）很近的吉林省东部地区，对日伪统治者的威胁极大。日伪当局惊呼："省之南境、西境、磐石、双阳、伊通、桦甸等县胡匪充斥，势甚猖獗，扰害日益加厉。"

8月19日，伪吉林省警备司令部司令官吉兴专程赴烟筒山，召集伪旅长邢士廉以下各团长，策划消灭吉海铁路沿线的抗日武装。8月31日，由伪军千余人、日军数百人组成的"讨伐军"，分三路出发，扑向各抗日武装。杨靖宇率领南满游击队联合各抗日义勇军，勇敢机智地打击日伪军，使敌人的"讨伐"归于失败。

由于杨靖宇坚决贯彻党的抗日统一战线的方针，把一大批抗日义勇军、山林队争取和团结到南满游击队周围，建立起抗日武装统一战线组织。南满游击队和抗日义勇军的联合作战，既锻炼和提高了游击队的作战能力，又在抗日军民中扩大了游击队的政治影响，开创了抗日游击战争的新局面。

# 建设抗日根据地　联合作战众心齐

根据中央"一·二六指示信"和满洲省委"五·一五决议"精神，1933年7月1日，满洲省委在给磐石中心县委和南满游击队的信中，明确要求将中国工农红军第三十二军南满游击队改为"东北人民革命军第一军。"

为了贯彻中共满洲省委的指示，1933年8月15日，磐石中心县委召开了南满游击区和南满游击队代表会。杨靖宇依据省委指示精神，提议在积极开展抗日游击战争中，发展抗日武装，拟于"九一八"事变两周年时，正式建立东北人民革命军第一军独立师。与会代表一致同意杨靖宇的建议。

杨靖宇和磐石中心县委为建立东北人民革命军第一军独立师，在组织、宣传、干部培养选拔等方面展开紧张的筹备工作。至1933年9月，南满游击队已达300余人。

　　1933年9月18日，在"九一八"事变两周年之

抗联小路

艰苦抗战　威震敌胆
——著名抗日英雄杨靖宇

际，中共磐石中心县委在磐石县西玻璃河套猪腰岭召开东北人民革命军第一军独立师成立大会，杨靖宇在广大军民的热烈掌声和欢呼声中发表了热情洋溢的讲话。他庄严宣布，东北人民革命军第一军独立师成立。

东北人民革命军第一军独立师建立后，杨靖宇率领全体指战员广泛开展抗日游击活动。根据烟筒山至取柴河之间，伪军第十四团的一支护路队经常在这一区间巡逻的敌情，杨靖宇派独立师第三团第九连在铁路两侧设伏，毙敌3人、伤3人、俘5人，缴获新式步枪9支、手枪1支、子弹1000粒，第九连无一伤亡。

此后，日本侵略者加紧对抗日联军实施分化阴谋，对摇摆不定的义勇军首领采取诱降手段，妄图孤立杨靖宇领导的独立师。在日伪当局的威逼利诱下，"毛团"首领毛作彬再次投敌。对此，杨靖宇及时领导独立师和各抗日义勇军，展开反对投敌卖国的斗争，营造以抗日救国为荣、以投敌卖国为耻的政治氛围，粉碎了敌人的分化阴谋。

杨靖宇到南满后，一直十分重视创建抗日根据地的工作。1932年11月，他动员游击队从桦甸返回群众基础较好的磐石时，就考虑了建立抗日根据地的问题。

他在河南领导确山暴动和刘店起义的斗争中，体会到了建立根据地的重要性。更从毛泽东创建井冈山革命根据地的经验中，认识到建设根据地的意义。

当年，南满地区抗日根据地的特点是，有中国共产党的坚强领导，成立了健全、有力的党组织；在发动群众参加抗日斗争的基础上，建立以农民委员会形式出现的人民抗日政权；游击队和人民群众形成鱼水关系，游击队保护人民群众的生存和自由，人民群众支援游击队的抗日斗争，军民共同抗击日本侵略者。但这种抗日根据地是在日本帝国主义独占的殖民地建立的，由于敌我力量相差悬殊，日本侵略者不断以各种严酷手段强化殖民统治，尤其是以重兵对抗日军民进行疯狂"讨伐"，根据地经常遭到敌人的破坏，所以又要随着抗日游击战争的发展创建新的根据地。所以，一般称这种根据地为抗日游击根据地。

1932年12月，杨靖宇率领南满游击队移至磐石西部，以哈达岭下的红石砬子为中心，着手建立抗日游击根据地。1933年1月，出任南满游击队政委的杨靖宇，在率领游击队员打击日伪势力的同时，向广大人民群众开展抗日救国宣传，帮助群众建立在党的领导下行使政权职能的农民协会，同时建立反日会、农民自卫队等抗日群众组织，协助农民协会开展抗日救国

斗争。在一些地方还开展了分粮、吃大户、抗租、抗债的斗争。为了团结一切爱国力量共同抗日，农民协会改称农民委员会，斗争内容和形式也有了新的发展。在游击根据地的边缘地带和游击区曾开展反对日伪烧杀、拉夫、修道、修营房、查户口以及收房捐等斗争。

在杨靖宇的领导下，南满游击队的战斗力得到充分发挥，仅短短的几个月就使游击区迅速扩大，根据地从无到有并不断巩固。1933年下半年，抗日游击区已扩展到磐石县西北的伊通县境内。

杨靖宇率领东北人民革命军第一军独立师在抗日联军中得到广泛的赞誉。各种抗日武装纷纷要求接受共产党领导，广大爱国青年积极要求参加人民革命军。

一天，原兵工厂一位姓马的技师来到独立师驻地，他的抗日热情很高，一直企盼着投入抗日队伍。当他找到独立师后非常高兴，兴致勃勃地与杨靖宇等领导谈起抗日救国的工作。在场的一位同志指着杨靖宇向马技师介绍说："这位就是红军的杨司令。"马技师听到后，连忙站起来听杨靖宇讲话，大家让他坐下，他就是不肯，并连声说："现在我可找到真正抗日救国的司令了。"杨靖宇的讲话结束后，马技师立即跪在地上磕了三个响头，然后坐下说："这回我才有座。"接着，马技师向杨靖宇报告了许多军事秘密，真心实意地要求参加人民革命军。马技师具有很高的兵工技术，参加人民革命军后在军械厂工作，勤勤恳恳地从事武器修理工作。

1934年1月25日，杨靖宇率部与敌人连日作战后，与伪军邵本良部遭遇。战斗开始后，杨靖宇指挥部队且战且走，全队被敌人冲成两段，杨靖宇等司令部的5位同志与大部队脱离。大部队十分着急，一面突围，一面派出小分队寻找杨靖宇等人。当晚，杨靖宇率随行4人也在寻找大部队，但因天黑且山深林密，始终未能找到。

第二天夜里，杨靖宇一行5人遇到一个抗日军小队，交谈中得知他们与早已和人民革命军建立友好关系的"青林"熟悉。于是，杨靖宇便让他们给"青林"队送信，说明杨靖宇等人的情况。"青林"队首领见信

艰苦抗战 威震敌胆

后，立即对全体弟兄说："我们豁出上半截，也要接杨司令去。"紧接着，"青林"队全体出动，连夜把杨靖宇等五人接到"青林"队驻地。

杨靖宇到"青林"队驻地后，当天就与"老常青"队首领隋常青接上头。隋常青是活动在辉发江南的一支抗日义勇军首领，此前曾与杨靖宇见过面。那是杨靖宇率领独立师南渡辉发江后的事。当时杨靖宇率部主动联合其他抗日军，很多群众想不通，对杨靖宇说："你们这样好的队伍，怎么和他们打交道？"杨靖宇耐心地对群众说："豺狼入门，外患为重，要联合起来对付日本帝国主义者！"经过杨靖宇和独立师指战员的反复宣传，群众对党的抗日统一战线方针逐渐理解后，也开始为抗日义勇军筹粮备草。有的抗日义勇军也接受杨靖宇和独立师指战员的劝告，对老百姓的态度好了一些。这些使"老常青"觉得奇怪，他说："共产党真有门道，他们一来，老百姓都变了，我要亲眼见见杨司令。"

此后的一天，杨靖宇率队在金川县龙泉镇宿营，"老常青"真来了。不过他还是心有疑虑，先在山上部署了部队，而杨靖宇却只带一个警卫员去见他。谈话进行得十分融洽，最后"老常青"拍着胸膛对杨靖宇说："我武夫常青不是瞎子，谁抗日，谁亲日，今天我懂了！"他回营后逢人就讲："共产党最有骨头，最讲义气，最有学问。有远见的要和他们交朋友。"尤其是杨靖宇率部连战连捷后，不仅"老常青"，许多抗日义勇军都渴望加入共产党领导的人民革命军或接受其领导，联合作战。

在这段时间里，杨靖宇经常向"老常青"、"青林"讲解党的抗日统一战线方针，说明齐心协力、团结抗日的必要性和重要性，使他们更加赞成共产党的抗日主张，也更加敬重杨靖宇。"老常青"说："我奔波了半生，过得都是黑暗日子，如今见着共产党就是见着了太阳。从前我们百十多名弟兄，不知走哪一条路好。这两年多，杨司令在这一带坚决抗日，爱民如子，威名远震，使我佩服得五体投地，我和弟兄们越来越清楚，只有跟共产党走，才有出路。"

1934年2月21日，在临江县三岔子距城墙砬子2里地的一个木棚里，杨靖宇主持召开抗日军首领会议，

——著名抗日英雄杨靖宇

艰苦抗战 威震敌胆

独立师和16支抗日军的首领到会，历时6天，商讨了建立抗日联军总指挥部的问题。会议首先由杨靖宇代表中共满洲省委讲话，他分析了当时东北抗日斗争的形势，阐述了中国共产党抗日统一战线的方针，指出："要取得

抗联标语

抗日斗争的胜利，就必须团结。不团结起来，不仅不能彻底打击敌人，而且将有被敌人各个击破的可能。"杨靖宇强调指出："斗争是长期的，今日联合，万不可遇难而退。"会议决定正式成立抗日联军总指挥部，并通过了抗日联军斗争纲领、抗日联合宣言、联合作战条例等文件。

选举总指挥部负责人时，选总指挥共17张票，16张写着杨司令。隋常青当选为副总指挥，宋铁岩当选为政治部主任。

会议决定，除东北人民革命军第一军独立师外，

参加抗日联军总指挥部的各抗日义勇军统编为八个支队："老常青"为第一支队，"四海"为第二支队，"国军"为第三支队，"朱司令"为第四支队，"双胜"为第五支队，"保国"为第六支队，"东边好"为第七支队，"赵参谋长"为第八支队。参加抗日联军总指挥部的抗日军总人数为4000余人，其中第一军独立师320多人。会议还划分了第一军独立师和第一至第八支队的活动区域。

与1933年在桦甸成立的抗日联军联合参谋部相比，抗日联军总指挥部不论是在组织形式上还是在斗争纲领上都有新的飞跃，前者只是中国共产党领导的抗日武装争取抗日联军的松散联合组织，而后者则是

艰苦抗战 威震敌胆
——著名抗日英雄杨靖宇

各抗日义勇军在承认中国共产党领导地位并以党领导的抗日武装力量为核心的前提下，联合成立的军事指挥机关。在抗日联军总指挥部内，各支队在总指挥杨靖宇的统一指挥下，按共同通过的抗日联军斗争纲领开展抗日游击战争。

杨靖宇将军
1905—1940

抗日联军总指挥部的建立，不仅极大地推动了南满地区抗日运动的发展，也为整个东北地区的抗日斗争提供了宝贵经验。北满的赵尚志效法杨靖宇的做法，在1934年3月与抗日义勇军建立了抗日联合军司令部。曾以满洲党团省委特派员身份在南满巡视工作并担任东北人民革命军第一军独立师代理政治部主任的韩光，向满洲省委详细报告了杨靖宇贯彻党的抗日统一战线方针的做法和经验，并在北满加以宣传推广。

# 军民鱼水一家亲　抗日义勇兄弟情

　　1934年春天，就在杨靖宇为开创南满抗日游击战争新局面而艰苦工作的时候，严重的肺病又在折磨着他。他每天全身发烧，夜间盗汗，胸部闷痛，咳嗽气促，口吐浓痰，身体十分虚弱。但他深知部队干部的缺乏，置严重病痛于不顾，以顽强的毅力坚持战斗在抗日游击战争的第一线。

　　杨靖宇在领导南满抗日游击战争的过程中，十分注意搞好部队与群众的关系，经常教育干部战士要相信群众，依靠群众，关心群众疾苦，保护群众利益，使部队深深扎根于群众之中。

　　杨靖宇要求东北人民革命军第一军的全体指战员必须严格遵守群众纪律，努力为群众谋利益，尽量减少群众的负担。杨靖宇不仅要求干部战士做好群众工作，而且自己亲自去做群众工作。

　　1934年夏天，杨靖宇率第一军独立师政治保安连百余人经桓仁县老秃顶子，翻越草帽顶子山，来到小四平村。这个村的群众从未见过人民革命军，一看到人人都带红袖标的队伍，以为是"红胡子"来了，全都吓跑了。一位叫张锡祯的农民往树林里跑，正好与

杨靖宇身边的战士撞
个满怀。战士问：
"你是老百姓，怎么
怕人民革命军？"张
锡祯说："我以为你
们是土匪。"杨靖宇
走上前去，耐心地向
他介绍人民革命军的
性质，告诉他人民革
命军是以抗日救国为

己任的，和老百姓是一家人。杨靖宇的话深深感动了
张锡祯，他当即表示要参加人民革命军。杨靖宇对他
说："我们欢迎你抗日，可我们更需要你能在地方上多
为抗日救国做些工作，帮助开辟抗日根据地。"从此，
张锡祯根据杨靖宇的部署在大小四平从事地方工作，
动员群众为第一军独立师送粮食，做军衣，传递情报，
救护伤员，安排过往部队的食宿，使这里成了独立师
的可靠后方。

在杨靖宇率领抗日部队活动的区域，敌人还实行
"匪民分离"，"归屯并户"，建立"集团部落"的毒辣
政策。他们强迫游击区的散居居民，迁入靠近交通要
道建立的"大屯"居住，在伪警察、警备队和特务的

监督和刺刀下生活。日本侵略者用残暴的"三光"政策来保证"集团部落"的建立。他们把分散在山区的民房一律烧光，强迫人们搬进"集团部落"；对山区居民的财物一律抢光，使其无法在原地生存下去；对拒绝迁入"集团部落"的居民一律杀光。就是在这种十分险恶的条件下，杨靖宇率部在日本侵略者占领的心脏地区英勇转战，不断扩大抗日游击区，发展党领导的抗日武装力量。

在此期间，中共满洲省委多次指示南满党组织和部队，尽快建立中共南满特委，正式成立东北人民革命军第一军。杨靖宇与磐石中心县委、独立师司令部研究决定，召开南满党的第一次代表大会，落实省委提出的上述两项任务。

1934年11月5日，中共南满第一次代表大会在临江县四道二岔召开，到会的各县区和军队代表共32人，会期5天。杨靖宇在会上作了关于目前形势和党的方针任务的报告。大会分析了南满抗日斗争的形势，总结了党在南满的工作经验和教训，提出了今后的斗争任务。

大会一致通过了杨靖宇关于正式成立东北人民革命军第一军和建立中共临时南满特委的提议，选出了中共临时南满特别委员会，决定了第一军的建制和干

艰苦抗战 威震敌胆
——著名抗日英雄杨靖宇

部名单。会议选举5
人为临时特委委员，
李东光为临时特委书
记兼宣传部长，纪儒
林为常委兼组织部
长，宋铁岩等为委
员。1935年2月19
日，中共满洲省委在
批复信中指定杨靖宇
为南满特委常委。

列宁像

1934年11月7
日，在南满党的第一次代表大会上，根据杨靖宇的提
议，宣布成立东北人民革命军第一军。因为这一天是
前苏联十月革命纪念日，17年前的这一天，以列宁为
领袖的布尔什维克党领导俄国无产阶级和人民群众，
推翻了资产阶级的统治，建立了世界上第一个社会主
义国家。选择这一天正式成立东北人民革命军第一军，
昭示了杨靖宇和他的战友们决心在中国共产党的领导
下，学习十月革命的精神，动员和团结广大人民群众，
武装驱逐日本侵略者，赢得国家独立和人民解放，建
立社会主义制度的坚定信念。

东北人民革命军第一军成立后，努力加强部队的

政治工作。部队经常以报告会、讨论会等方式让指战员了解政治形势、斗争任务、抗日战争前途和对日作战基本纲领等。在杨靖宇的主持下，第一军还制定了《东北人民革命军暂行奖惩条例》和《第一军战斗员作战奖惩条例》，以加强部队纪律性，正确处理军民关系，激励指战员奋勇杀敌。

杨靖宇根据新的形势，为东北人民革命军第一军所属部队划分了游击区域：第一师以龙岗山脉一带为后方根据地，中心活动区域在通化、临江、柳河、桓仁等地；第二师以濛江、金川、抚松等地为后方根据地，中心活动区域在磐石南部、西安（今辽源）、海龙、伊通、东丰、永吉、桦甸等地；军部率直属部队转战在上述各地，指挥作战。

东北人民革命军第一军正式编成后，所属各部队认真总结以往的斗争经验，遵照中共满洲省委的指示精神，采取游击战争的战略战术，灵活机动地打击日本侵略者。

李红光（1910—1935年）东北人民革命军第一军参谋长兼第一师师长

1935年5月，杨靖宇召集十几个山林队的首领在查家堡子开会，向他们宣传中国共产党抗日救国的方针，然后将这些山林队编成一个游击大队，下辖四个中队。此后，第一军与其他的山林队也陆续建立了联合作战关系。

杨靖宇对义勇军、山林队首领晓以民族大义，昭以爱国情怀，建立友谊，肝胆相照。贫农出身的朱海乐为生活所迫，险走江湖，结壮为伍，杀富济贫。日本侵略我国东北地区后，朱海乐怀着对日本侵略者的满腔怒火，率队与日伪军厮杀，但因势孤力弱，屡屡失利。当朱海乐听说杨靖宇率领的人民革命军常常把日伪打得蒙头转向时，十分佩服，总想见见杨靖宇和他领导的东北人民革命军第一军。杨靖宇知道朱海乐的情况后，主动前往会面，杨靖宇向朱海乐介绍了中国共产党"团结一致，共同抗日"的方针，然后说："只要我们各股抗日队伍团结起来，拧成一股绳，人多势众，力量增强，就能够打败日本鬼子！"

杨靖宇让随行人员把两支步枪送给朱海乐，权作纪念，以铭共同抗日之志。朱海乐见杨靖宇不仅深谋远虑，而且实实在在，深受感动。他见杨靖宇腰间挎的是一支旧式三号匣子，便说："杨司令，我用的是大镜面匣子，它是我心爱之物。可惜，这支枪在我手里没有多大用途。今天我送给您，表示我抗日的心意，请司令收下。"杨靖宇说："朱团长太谦虚了。我只收下你决心抗日的诚意，这支枪在你手里一样有用。"朱海乐见杨靖宇不肯收枪，就说："如果杨司令不收我的枪，那就是看不起我朱团长。"杨靖宇见盛情难却，只好把枪收下，然后解下自己的匣枪说："既然这样，我们就把自己的枪作为团结抗日的信物，互相交换，留做纪念吧。"朱海乐十分高兴，双手接过了杨靖宇的匣枪。

杨靖宇十分重视根据地建设，经常教育干部战士要把发动群众、建立根据地和武装斗争结合起来，才能使我们的抗日斗争取得最后胜利。

在杨靖宇的领导下，第一军的干部战士每到一地，都配合当地党组织，宣传群众，组织群众，和群众打成一片。他们帮助群众建立农民委员会、反日会、农民自卫队、青年义勇军等组织，为创建抗日游击根据地奠定群众基础。据统计，1934年11月，南满各地共有反日会员6000余人，反日妇女会员700余人。

杨靖宇在率领第一军各部巩固和发展游击区的同时，在金川河里、濛江（今靖宇）那尔轰、桓仁老秃顶子、本溪和尚帽子等地建立了抗日游击根据地。

位于金川、临江、柳河、通化等县交界地区的河里抗日游击根据地，地处龙岗山脉中段、哈泥河上游。由于这里山高林密，交通闭塞，日伪统治比较薄弱，因此是党领导的抗

许成淑，东北抗日联军女战士。

日武装建立根据地的理想地方。1934年日本侵略者开始推行"归屯并户"，散居在山里的居民都被日伪军强迫迁入"集团部落"。在这种情况下，杨靖宇认为，必须建立可靠的后方，以使党领导的抗日武装能够有一个休整补充的基地。于是，决定在哈泥河谷地一个叫河里的地方，建立游击根据地。

1934年夏，第一军负责后勤工作的同志遵照杨靖宇的指示，把原建在磐石、伊通的医院、修械所、被服厂等先后迁到河里，在河里陆续建起密营、后方医院、被服厂、小型兵工厂、仓库、弹药库等。有时这里储藏着可供四五百人吃三四个月的粮食。由于敌人

抗联老战士李东光

的严密封锁，药品奇缺，部队便留下部分人员在深山老林人迹罕至的地方种植一些罂粟，用以熬制鸦片，作为止痛、镇静的药品。

在艰苦卓绝的东北抗日游击战争中，中国共产党领导的南满抗日武装从无到有，从小到大，很快发展成为各种抗日武装的领导核心。面对日本侵略者的疯狂"剿杀"，尤其是当各种抗日义勇军纷纷溃散以后，党领导的抗日武装仍然顽强地坚持战斗，发展队伍，扩大游击区域，打击和牵制日本侵略者，这是与中国共产党坚强有力的政治工作密切相关的。

在东北人民革命军第一军的发展进程中，杨靖宇出色地把党的领导、政治宣传、思想教育和领导示范等工作融为一体，凝聚军心，激励斗志，使全体指战员紧密地团结在党的周围，与武装到牙齿的日本侵略者殊死搏斗，一往无前。

# 胜利会师破封锁　改编义勇中国心

日本侵略者千方百计地对中国共产党领导的抗日武装实行封锁和分割，妄图达到各个击破的目的。然而，反日烈火是锁不住、割不断的。1935年秋季，杨靖宇领导的东北人民革命军第一军和以王德泰为军长、魏拯民为政委的东北人民革命军第二军，冲破日伪当局的重重封锁，在濛江县（今靖宇县）那尔轰胜利会师。

1935年6月，杨靖宇曾命令第一军第二师第八团赴桦甸、濛江、抚松一带活动，并派人赴东满与东满特委和第二军建立联系。同年8月，东满特委和第二军党委派特委组织部长、第二军政治部主任李学忠率领第二军第二团第二三连约150余人组成西征队，经抚松向濛江远征。8月底，突破日伪封锁，抵达濛江县那尔轰，与正在这一带活动的第一军第二师第八团胜利会师。

9月3日，那尔轰反日会举行军民欢迎大会，庆祝两军胜利会师。当地群众为两支人民抗日武装的胜利会师欢欣鼓舞，为第二军西征队接风洗尘。

10月4日，第一军教导团、第二师第八团，第二

杨靖宇将军铜像

艰苦抗战　威震敌胆

——著名抗日英雄杨靖宇

军西征队，抗日义勇军"双胜"队，那尔轰附近的反日会会员和抗日群众代表共1000余人，在于家沟举行了军民联欢大会。杨靖宇在大会上发表了鼓舞人心的讲话，赢得了热烈的掌声。

东北人民革命军第一二军的胜利会师，打破了日伪当局对中国共产党领导的抗日武装的分割隔绝，开创了党领导的抗日武装相互联络、相互配合、相互学习的崭新局面，鼓舞了广大人民群众的抗日斗志，打击了日伪的反动统治，为东北抗日联军第一路军的组成奠定了基础。

1935年10月，日本外相广田弘毅提出所谓"对华三原则"，进一步加快了侵略整个中国的步伐。为了更有力地打击日本侵略者，杨靖宇决定率部主动出击。1936年1月13日，杨靖宇率部在通化大泉眼围歼日军广濑部队，广濑以下12人被击毙。

这使日本侵略者又想起了邵本良。原来，伪军邵本良部运输队被人民革命军伏击后，日本侵略者对邵本良十分不满，将邵本良投入监狱。这时，日本侵略者又觉得邵本良有用了，从监狱放出这条疯狗，专门"围剿"杨靖宇领导的抗日武装。

1936年春节刚过，东北人民革命军第一军的指战员就纷纷向杨靖宇请战，希望打个漂亮仗。杨靖宇成竹在胸，笑着对大家说：“别急，不过5天就有工作可干。”果然不出杨靖宇所料，没有几天，杨靖宇就得到了有关邵本良部的情报。并决定袭击邵本良部伪军第六混成旅第七团团部的驻地热水河子。

热水河子是一个日伪军重要军事据点，驻有日军守备队30余人，伪警察30余人，伪自卫团20余人，伪七团70余人。伪七团团部位于热水河子街区中心，对面有一座比较坚固的炮台。为了使攻袭热水河子的战斗万无一失，杨靖宇主持召开了干部会议，仔细讨论作战方案。大家一致认为热水河子的日伪军不宜强攻，只能智取。杨靖宇在充分听取大家意见的基础上决定，利用地方组织打入邵本良部的关系，突然袭击，里应外合，攻袭伪七团团部。

艰苦抗战　威震敌胆
——著名抗日英雄杨靖宇

第二军军长王德泰将军塑像

2月26日晚10时，杨靖宇率领300多人的部队向热水河子进发。27日凌晨1时，杨靖宇率部跨过浑江，按计划展开战斗。许国有团长在打入伪军的老刘引导下，带领手枪队迅速登上街心炮楼，解除了炮楼敌人的武装。机枪班紧紧跟上，控制了热水河子整个街区，尖兵直插伪七团团部，将团部门口的哨兵缴械。随后，杨靖宇率领大队人马冲进伪军营房，睡梦中的伪军全部当了俘虏。伪团长邵本良和日本指导官因去通化，侥幸逃脱。

拂晓前，战斗胜利结束。杨靖宇命令指战员把缴获的50余支大小枪支以及其他军用物资全部运走，沿街张贴抗日标语，并将死心塌地效忠日本侵略者的伪七团刘副官就地处决。

1936年2月10日，中共驻共产国际代表团以中共中央的名义制定了《为建立全东北抗日联军总司令部决议草案》，明确提出把全东北的抗日军队统称为"东北抗日联军"。2月20日，又以东北抗日联军第一军军长杨靖宇及第二、三、四、五、六军军长王德泰、赵尚志、李延禄、周保中、谢文东和汤原、海伦游击队的名义，发表了《东北抗日联军统一军队建制宣言》，宣布东北各抗日军队"一律改组建制为东北抗日联军第一、二、三、四、五、六军，以及抗日联军游击队。"

王德泰将军墓

自 1935 年 8 月第一、二军在那尔轰会师以后，第一军在杨靖宇的领导下，人数成倍增加，武器装备也得到很大改善。

1936 年 6 月末，中共南满第二次代表大会在河里会家沟召开。会上，杨靖宇作了军事报告，南满特委书记李东光等作了党的地方工作报告。会议正确分析了东北抗日游击运动的形势，明确了斗争任务和策略。会议根据《东北抗日联军统一军队建制宣言》的精神，正式宣布将东北人民革命军第一军改编为东北抗日联军第一军，杨靖宇任军长兼政委，下辖三个师。

为进一步贯彻党的抗日民族统一战线方针，杨靖宇率领抗联第一军军部直属部队，广泛联系和团结抗日义勇军、山林队一道抗日，并把积极靠拢抗联，愿意接受抗联改编的抗日义勇军，编入抗联第一军。

抗日义勇军首领左子元，人称"左司令"，他所领导的"抗日联合救国军"多次与日伪军交战，斗争坚

艰苦抗战 威震敌胆
——著名抗日英雄杨靖宇

决，群众关系较好，在当地的抗日义勇军、山林队中有一定影响。左子元敬佩杨靖宇抗日坚决，智勇兼备，渴望将自己的队伍改编为抗日联军，在杨靖宇直接指挥下抗日杀敌。

1936年8月的一天，杨靖宇正在筹划部队如何渡过浑江，侦察排长从江对岸回来向杨靖宇报告："左司令接我们过江来了。"对左子元的到来，杨靖宇表示热烈欢迎。此前杨靖宇派侦察排长带队过江与左子元联络，商量抗联第一军军部直属部队渡江事宜。左子元欣然相助，调集了5条渔船。杨靖宇对左子元说："你们可真是雪中送炭啊！"左子元说："请杨司令下命令，部队过江吧。"由于每只渔船一次只能载十几个人，当时江水上涨，风大浪高，整整经过一天一夜，大多数部队才安全渡过江去。

渡过浑江后，两支抗日武装部队住在一起，吃在一起，同出操，同训练，使左子元亲眼看到了抗联将士良好的精神风貌，更加坚定了他加入东北抗联的决心。根据左子元的要求，杨靖宇召开了抗联第一军党部会议。经研究决定，接纳左子元领导的"抗日联合救国军"，将其改编为东北抗日联军第一军直属第十一独立师，下辖两个团，左子元任师长。

同年9月，杨靖宇率第一军军部直属部队在宽甸牛毛坞一带活动时，一个叫于万利的义勇军首领只身一人来见杨靖宇，他说："我叫于万利，我有200多人，是从伪治安军里拉出来的人马。我拉队伍不是为了占山头当土匪，我也不想当官发财。我是一个中国人，死也不想当亡国奴，不愿给日本当汉奸走狗，更不愿替日本人杀中国同胞。我决心跟你们打日本。"他恳求杨靖宇收编他的部队，并说："从今天起，我的队伍就听你的指挥，我姓于的绝不含糊。"杨靖宇对他坚决要求加入东北抗日联军的态度表示欢迎，亲切地对他说："你有中国人的骨气，你是一个很有民族气节的人。你对抗日救国的一片热情，我很受感动。你的这些想法完全对，我们抗日救国不分民族、党派，不分宗教信仰，只要是抗日打鬼子，我们就要联合起来，协同作战，共同抗日。"于万利见杨靖宇欢迎他们加入抗联，心里非常高兴，他激动地说："可惜，我找到你们太晚了。"

几天后，杨靖宇正式宣布，于万利部改编为东北抗日联军第一军直属独立旅，于万利任旅长。应于万利的请求，杨靖宇专门到独立旅讲了话。杨靖宇说："同志们，从今天起，独立旅就是在中国共产党领导下的一支抗日救国的队伍了，是一支人民的子弟兵。我们这支队伍，有铁的纪律，绝不允许损害人民群众的利益。我们大家起来抗日，是要解放东北三千万受苦受难的父老兄弟姐妹。我们的任务是要把日本强盗从我们这块土地上赶出去，收复失地。只要一天不把日本侵略者赶出去，我们的斗争就一天也不停止。我相信，我们的斗争一定会胜利，一定能把日本侵略者从东三省打出去。同时，我们的斗争是长期的，艰苦的。我希望同志们有长期抗战的准备。独立旅的同志们要多打胜仗，多消灭敌人。"杨靖宇的讲话赢得一阵阵热烈的掌声。会后，杨靖宇又部署了独立旅的活动区域和军事计划。

不久，抗日义勇军高维国部也为杨靖宇团结抗日的博大胸怀所感动，要求加入抗日联军，杨靖宇将其改编为东北抗日联军第一军直属第十三独立师。

在杨靖宇的教育和感召下，左子元、于

万利、高维国等率部矢志抗日，英勇杀敌，为抗日救国战斗到最后一息。1936年冬，左子元在与日伪军的战斗中壮烈牺牲。也在这年冬天，于万利率领部队在宽甸县牛毛坞至错草沟公路一带开展游击活动。在一次突围战斗中，于万利率部奋力冲杀，由于敌众我寡，独立旅伤亡惨重。

面对群敌，于万利毫无惧色，他抱着机枪向敌人扫射。子弹打光后，他便把机枪拆开，将机枪零件扔进雪里，宁死也不让敌人得到完整的机枪，最后壮烈牺牲。

在杨靖宇的统一领导下，东北抗日联军第一路军以"不分见解、信仰，枪口一致对外，坚决抗日"的口号，号召和团结各种抗日武装联合抗日。至1936年秋，抗联第一军收编各种抗日武装5000余人。与此同时，在安图、抚松、临江等地活动的抗联第二军也与抗日救国军吴义成余部、李洪斌部以及抗日山林队"万顺"、"压五营"等15支队伍达成共同作战协定，有的编入抗联第二军。

由于不断扩大反日统一战线，东北抗联第一路军迅速壮大，至1936年底，全军发展到6000余人，还团结了众多抗日义勇军，各部联合作战，共同打击日本侵略者。

## 巧设帐篷编刊物　歌曲、话剧形式新

　　1936年10月，伪满军政部最高顾问佐佐木到一中将在通化设立"讨伐指导部"，共纠集2.7万人的兵力，对杨靖宇领导的抗联第一路军和其他抗日武装发起疯狂进攻。在军事"讨伐"的同时，敌人还强制推行"集团部落"政策，逼迫群众归大屯，以断绝抗联第一路军与人民群众的血肉联系。

　　在归屯并户之前，抗联部队宿营时，可以得到群众的帮助，住在老百姓家里。归屯之后，就只能在野外宿营。夏季酷暑难熬，蚊子、小咬等一齐向战士们进攻，把他们咬得满身大包。遇着雨天，浑身上下都被淋透。解决部队的宿营问题，成了杨靖宇的一桩心事，他决心要解决这个问题，设计出一种适合部队宿

营的帐篷来。

1937年4月，杨靖宇开始亲自设计帐篷。杨靖宇和几位领导为这件事吃不好，睡不好。有一天，教导一团团长许国有带领部队去外地背粮回来，到军部向杨靖宇汇报时，因为那天雨雪交加，他戴了一顶尖草帽，一进门就将头上的破草帽摘下来扣在地上。杨靖宇突然说了一句："问题解决了。"其他几位领导愣住了："什么解决了？""破草帽！""什么破草帽？""就是这顶草帽。"杨靖宇指着地上的草帽说："你们看，咱们做一个草帽式的帐篷怎么样？"这时，几位领导才明白过来，一齐说："很好，一定能成。"

杨靖宇带领大家经过紧张的工作，终于设计出第一顶帐篷。这是一顶圆型、用白花旗布做成的帐篷，中间用一根柱子支起来，周围用绳子穿起来，用木头往地上一钉，留一个门就成了，里面能睡十五六个人。指战员们对新帐篷非常感兴趣，围着帐篷转来转去，一边看一边说好，能防风、防雨、防晒、防雪。

过一段时间，大伙又觉得这种帐篷不太实用。冬天地一冻，木桩子钉不下去，铁钎子又背不动，如果遭到敌人突然袭击，帐篷既推不倒，又拿不走，怎么办？只有一个门，一旦敌人用机关枪将门封锁，人跑不出来怎么办？大家纷纷献计献策，最后一致认为：

艰苦抗战 威震敌胆
——著名抗日英雄杨靖宇

能不能改成长方形
的，像房子那样，
有了紧急情况，帐
篷一推就倒，卸下
来就走。杨靖宇采
纳了大家的意见，
在大家的共同努力
下，几天后，又造
出一个长方形的大
帐篷。这种帐篷也
是用白花旗布做

的，像房子那样大小；用4根带丫的木杆架起一根梁，
把帐篷布往下一放，把两边的布抻开，不用绳子穿，
也不用木桩钉，在两边用石块、泥块、雪块或一根木
杆压住就行了；中间开门，顶部中间留一个四方口，
冬天里面可以生火，烟从上边方口出去，夏天可以通
风。新帐篷支起来后，发现两边塌腰。大家又动脑筋
想办法，一边用两根带权的小棍支起一根长横杆，问
题就解决了。

就这样，在杨靖宇的带领下，说不清失败了多少
次，修改了多少次，最后，终于试制成功了简便实用
的帐篷。部队使用时，又进行了改进。夏天太热时，

把帐篷两头打开通风，形成两头开门，原来在中间开的门就不用了，遇到紧急情况，从两头都能跑出去。这种帐篷非常实用、轻便、灵活，一个人就可以背起来，行军打仗都不碍事。

杨靖宇还十分重视部队的思想文化建设，将其放在部队建设的重要位置上。

杨靖宇经常对部队的干部、战士，特别是对党员干部进行共产主义理想信念教育，向他们讲述人类社会的发展规律，现在的艰苦奋斗、流血牺牲是为了将来实现人类最美好的社会制度——共产主义。他经常教育大家："革命总会胜利的，就是我们这些人都牺牲了，还会有人继承我们的民族革命事业。民族一定会得到解放，革命总是会要成功的，共产主义终究要实现的！"

1938年10月，日伪秋冬季"大讨伐"开始后，伪满治安部派人到临江一带诱降杨靖宇，四处扬言：如果杨靖宇肯投降，可以割让东边道归抗联管辖，由杨靖宇担任都督。杨靖宇率部向桦濛山区转移途中，日本飞机撒下传单，写的也是同样的内容。杨靖宇看了传单，哈哈大笑，讽刺道："东边道都督，好大的官！"然后，他结合这件事对战士们进行了严肃的政治教育。他说："一个忠贞的共产党员，民族革命战士，为了伟大的共产主义理想，为了中华民族的解放事业，头颅不怕抛掉，鲜血可以喷洒，而忠贞不二的意志是不会动摇的，最后胜利的信心是坚定的。日寇威胁利诱的卑劣手段，只可以玩弄那些民族败类。"

赵尚志将军横枪立马塑像

1939年3月，在桦甸木箕河战斗中，有2名抗联战士牺牲，3人负伤。负伤的战士被送到附近的密营养伤。杨靖宇亲自到密营去看望他们，鼓励他们说："抗日是要花代价的。他们牺牲了，我们继续做他们未完成的事。"有的伤员担心自己会残废。杨靖宇安慰他们说："身残，只要志不残，都有机会为革命做贡献。"

报刊、杂志是部队思想文化建设的重要载体。在物资极端匮乏的条件下，杨靖宇领导东北人民革命军第一军以及后来的东北抗日联军第一路军出版了一批报刊。在南满定期出版三种报纸，两种画报。这些报纸和画报发行得非常普遍，影响很大，尤其是画报。

1936年至1937年间，抗联第一军政治部宣传科在桓仁的深山密林里，编印了多种汉、朝、日文版的文告、刊物和画报。

1938年12月，中共南满省委决定，把东满党和抗联第二军的宣传刊物《战旗》与南满党和抗联第一军的宣传刊物《列宁旗》合并，统一编为《列宁旗》，作为南满省委的机关刊物，并且出版《中国报》。《列宁旗》由杨靖宇、魏拯民、全光等人撰稿；这些报纸和刊物在抗日军民中广泛传播，对动员和团结一切爱国力量共同抗日，发挥了重要作用。

杨靖宇非常注重通过歌曲、话剧等文艺形式鼓舞抗联战士的抗日斗志，真正做到了寓教于乐，生动活泼。杨靖宇天生一副好嗓子，经常教战士们唱歌。除教唱外，杨靖宇还先后创作了一些歌曲。这些歌曲都在关键时刻，起到了坚定必胜信念、鼓舞士气的作用。杨靖宇认为："一首歌能唱起来，比一挺机关枪作用大，一样地能打击敌人，一样地能推动民族革命和抗日民族的联合。"在杨靖宇的启发鼓励下，抗联战士们创作了大量歌曲和诗歌，一直保留到现在的就有150多首。

更令人钦佩的是，杨靖宇还利用战斗间隙，创作了话剧。1939年冬，杨靖宇率部队转战桦甸山区，在

孟家屯处决了欲强暴少女的伪警察署日本指导官。杨靖宇根据这个真实故事，编写了四幕话剧：《王二小放牛》。经排练后，连续演出两场，非常成功，场场都有战士被感动得流下眼泪。以后，又演出了多场。一次，演到日本指导官要糟蹋姑娘时，有一个战士忘记了这是在演戏，举枪就打，将帐篷绳子打断，幸好没有伤着演员。这部话剧极大地激发了广大抗联战士的抗日救国热情，这一方面说明了杨靖宇是一位出色的政治工作者，同时也从另一个侧面反映了杨靖宇具有较高的艺术才能。

平时，杨靖宇在部队中积极倡导学习文化，这也是青年工作的一项重要内容。当时，大多数战士是文盲，学习文化就从识字开始。战士们利用战斗空暇时间识字。条件好些时，战士们用笔在纸上写；没有纸和笔时，他们就用木棒在地上画。夏天用沙子、冬天用雪地当纸，木棍作笔。

日本侵略者为了消灭东北的抗日武装，采取了一系列阴险毒辣的措施，于1937年冬把抗联第一路军确定为重点"讨伐"目标以后，不断派出大批日伪军进行"围剿"。大肆建立"集团部落"。仅1938年，日伪当局就在抗联第一路军活动的吉林通化地区建立了2500个"集团部落"，以切断抗联与人民群众的血肉联系、断绝抗联生活必需品的来源。日本侵略者一改对抗联投降人员一律屠杀的政策，采取威胁、收买、引诱、欺骗等卑鄙手段，对抗联进行策反、诱降、瓦解。

在日本侵略者的威逼利诱下，胡国臣、安光勋、程斌等三人自1937年冬至1938年夏先后叛变投敌，甘为日伪走狗，给抗联第一军造成了严重的损失。

胡国臣、安光勋、程斌叛变投敌后，按照日本侵略者的需要，详细供述了中共南满党组织和东北抗日联军第一路军的内部机密。如部队行军宿营的部署，部队武器、子弹、衣服、粮食的补充办法，布兵要点及所采取的战术，通信联络方法，搜集情报的方法，抗联第一路军编制、装备、干部成员等机密。

由于程斌、胡国臣、安光勋等三人都曾是抗联第

一军的高级干部，他们的叛变投敌，一方面造成极坏的政治影响，另一方面由他们做帮凶来破坏党的组织和抗联第一路军，其危害之大是可以想象的。地方党组织的破坏，给杨靖宇领导抗联第一路军开展抗日游击战争造成极大的困难。

针对程斌等叛变后的严峻局势，杨靖宇决定采取应急措施，调整各个工作环节，重新部署军事力量。1938年7月中旬，杨靖宇、魏拯民等中共南满省委和抗联第一路军主要领导人，在辑安（今集安）老岭大阳沟附近召开紧急会议，即第二次老岭会议，杨靖宇主持了这次会议。会议根据新的斗争形势，决定改组南满省委，实行党军一体化，抗联第一路军总司令部在领导第一二三方面军开展活动的同时，及时派人去关内与中共中央取得联络。会议还划定了各方面军的活动范围：第一方面军主要活动在金川、临江、通化、辑安等地区；第二方面军主要活动在濛江、抚松、长白、桦甸等地区；第三方面军主要活动在额穆、绥宁等地区，警卫旅随总司令部活动。

第二次老岭会议对党领导的东南满地区的抗日工作进行了全局性调整，尤其是对抗联第一路军的改编和重新部署，使日伪当局以为有了从叛徒那里得到的情报就可以迅速消灭中共南满省委和抗联第一路军的美梦破灭。

东北抗日联军转战在白山黑水之间。图为抗联第一路军警卫部队之一部。

# 铁血少年铁血洒　壮烈殉国震敌胆

在抗联，有一些十五六岁到十七八岁的小战士，他们有的是被解放劳工中的童工，有的是无家可归的流浪儿，有的是跟随父母一起参加抗联的孩子，有的是父母被日伪军杀害后只身投奔抗联的孤儿。杨靖宇十分关心这些小战士的成长。

他经常到队里看望小战士，关心他们的生活，组织他们学习文化，鼓励他们健康成长，并成立了少年铁血队。

1939年6月初的一天，侦察员从敌人的电话中获悉，6月4日有30余个伪军将去会全栈接运军用物资。于是，杨靖宇率警卫旅一团和少年铁血队于4日拂晓前，在老营沟门附近的南山、西山设下埋伏，准备截击敌人运输队。

为了锻炼少年铁血队，杨靖宇决定把敌人放到铁血队跟前来打。同时也考虑到少年铁血队没有打过伏击战，又做了另一手准备，一旦出现不利情况，再由警卫旅一团出击。因敌人是从东边过来的，故将铁血队部署在东面，而把警卫旅一团部署在西面。

部队进入伏击阵地后，少年铁血队根据杨靖宇的部署，埋伏在警卫旅一团东面公路边的沙金坑内。但是由于数日劳累，一夜急行，小战士们已十分疲惫。大家伏地而卧，不料竟在阳光下睡着了。上午10时左右，伪军已经走到少年铁血队的伏击阵地前，却一点动静都没有。杨靖宇估计一定是小战士们都睡着了，决定把敌人放到警卫旅一团的阵地前解决。于是，敌人一到一团阵地前，杨靖宇就抽出手枪，连放三枪。警卫旅一团战士见指挥枪响，便以迅雷不及掩耳之势将敌人全部俘获。

在战斗中，敌人见老营沟对面的南山头上人声嘈杂，便朝山上胡乱开枪。不幸，一颗子弹打穿杨靖宇的小腿肚子。铁血队的小战士们看见总司令受伤了，都难过得掉下了眼泪，他们后悔不该睡觉。

经过20多天的治疗，杨靖宇的腿伤基本痊愈，重返战场，率领警卫旅、少年铁血队，转战桦甸南部山区，在甲砬子与伪军300余人交战，毙伤敌人70多名，缴获轻机枪1挺、步枪20多支。此后，又袭击了关门砬子的伪警察分驻所，俘敌40多人。不久，在桦甸南部的错草顶子袭击了伪森林警察"讨伐队"，缴获80多支枪，歼敌百余人。

日伪当局不断增加兵力，对杨靖宇穷追不放，并利用程斌等叛徒，紧紧盯住杨靖宇及抗联第一路军总司令部。进入1940年1月以后，身陷重围的杨靖宇继

艰苦抗战　威震敌胆
——著名抗日英雄杨靖宇

1940年2月22日，东北抗日英雄杨靖宇将军在长白山下森林里一个"地呛子"(窝棚)度过了他人生的最后一个夜晚，第二天不幸被日伪军围剿枪杀壮烈牺牲。图为杨靖宇壮烈殉国前居住的"地呛子"。

续以顽强的毅力和惊人的智慧，与群敌周旋。

1940年1月18日至21日，杨靖宇率部在濛江西岗西方、马架子东方与前来围攻的敌人连日展开激战，警卫旅一团参谋丁守龙在马架子战斗中负伤被俘后叛变，向日伪供述了杨靖宇"最近行动"等诸多军事秘密。

1月31日清晨5时左右，又有一大股敌人寻踪而至。杨靖宇命令副连长马青山把20多名伤员送到小石仓沟后方医院。2月2日清晨，大批日伪军，在飞机配合下向那尔轰古石山进攻。杨靖宇部队再次遭到严重损失，身边仅余15人。杨靖宇说："同志们，根据情况，还是分开走好，能出去一个也好。"黄生发！"杨靖宇声音很低，但很有力。"有！"黄生发向前挪动两步。"你带着伤员赶紧走。"

送走了黄生发等4名伤员，杨靖宇带领朱文范、聂东华继续在密林中前进，希望尽快与第一方面军伊俊山部会合，粉碎敌人的"讨伐"。15日，杨靖宇派朱文范、聂东华到附近村子找些吃的，自己拣些干柴，打算点火取暖。这时，只听一声枪响，打破了森林的寂静。杨靖宇抬头看去，敌人拥上来了。杨靖宇见大批敌人蜂拥而至，便迅速转移。这时的杨靖宇已多日未吃上一顿饭，体力消耗已经到了极限。下午3点钟左右，600多敌人突然从一座山顶追下来。杨靖宇见敌人已经逼近，便在距敌人上百米的一处有利地势停下，以一棵大树作掩护，双手交替射击，把敌人压在山坡上。杨靖宇用手中的毛瑟手枪毙敌1人，伤敌6人。伪通化警务厅警尉补益子理雄称杨靖宇是"能在200米以内开枪打掉树上苹果那样的名手"。敌人表面上张牙舞爪，但谁都生怕躲闪不及，被杨靖宇的手枪"点名"。杨靖宇乘机钻入密林，"完全像巨人那样跑着"，再次甩掉敌人。战斗中，杨靖宇左臂受伤。

日伪军"讨伐队"被杨靖宇拖得疲惫不堪，600人的"讨伐队"，逐渐减少到300人、200人、100人，到2月16日凌晨2时，只剩下50人了。走着走着，敌人

头颅可断腹可剖
烈愍难消志不磨
碧血青蒿两千古
于今赤旆满山河

右咏杨靖宇将军

一九四九年五月书奉

东北烈士纪念馆

郭沫若

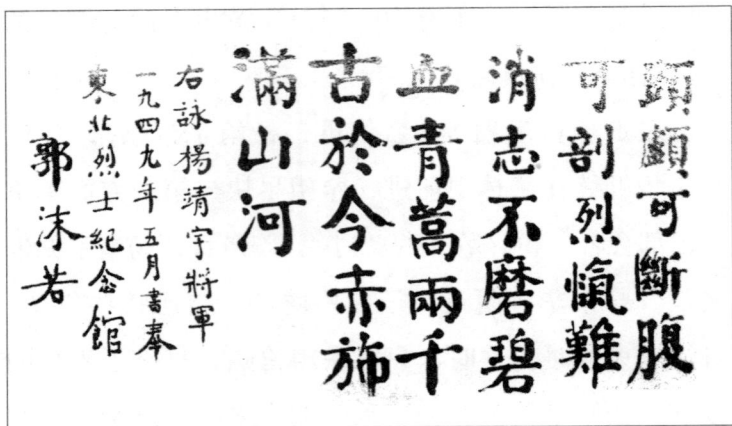

忽然在雪地里发现了一具冻僵的尸体。经过辨认，原来是昨天被杨靖宇击毙的那个日本兵。他们这才明白，追了大半夜，又回到了原处。他们哪里知道，杨靖宇在密林中绕了个大圈子，回到昨天与敌人交战的地方，踏着敌人在雪地上踩出的又宽又平的路，到预定地点与警卫员朱文范、聂东华会合了。杨靖宇只身一人拖垮了数百名日伪军的追击，又一次冲出了敌围。

2月18日，杨靖宇派警卫员朱文范、聂东华去购买食品。由于日伪实行"集团部落"政策，村庄周围戒备森严，难以进入，二人便到濛江县城（今靖宇县）东南6公里的大东沟苕条顶子炭窑，动员炭窑的老赵头帮助买些食品。没想到这个老赵头竟是日伪特搜班密探，他假意应承，拿着两位警卫员给他的钱，跑到大东沟伪警察分驻所密报。敌人命令严密封锁濛江县各村之间的道路，进一步缩小包围圈。

2月23日午后，敌人在703高地附近发现了杨靖宇，立即追上来。杨靖宇双手持枪，沉着应战。日伪军警步步紧逼，越聚越多，最后在490高地附近的三道漤江河边，将杨靖宇包围。敌人高叫着："怎么抵抗也没有用了，归顺吧！"但杨靖宇大义凛然，视死如归，回答敌人的只有仇恨的子弹。敌人见逼迫杨靖宇投降已不可能，便发出"打死他"的命令。日伪军警从两侧向依在大树上的杨靖宇射击。杨靖宇顽强地与敌交战约20分钟。午后4时30分，密集的子弹击中了杨靖宇，公元1940年2月23日下午4时30分，东北抗日联军第一路军总司令兼政委杨靖宇，为中华民族的独立和解放，壮烈殉国。

敌人把杨靖宇的遗体运下山后，残忍地用铡刀铡下头颅，又令医生剖腹检查，发现杨靖宇的胃里一粒粮食也没有，只有未消化的草根、树皮和棉絮。在场的中国医生流下了眼泪，连日本人也惊叹：中国竟有如此威武不屈的人。日本侵略者不得不承认杨靖宇不愧"是个英雄"。

杨靖宇的遗首被运往伪满首都新京（今长春）后，伪吉长地区"讨伐"司令野副昌德一到晚上就恶梦不断，总梦见杨靖宇伸出两只大手向他要人头。每次被

全国重点烈士纪念建筑物保护单位

杨靖宇烈士陵园

中华人民共和国国务院
一九八六年十月十五日批准
中华人民共和国民政部一九八六年十月二十八日公布
吉林省人民政府一九八九年四月二十一日立

吓醒之后，他都觉得头又沉又痛，难以忍受。于是，他命令立即为杨靖宇刻制一个木质人头，为杨靖宇举行"慰灵祭"，以便使其摆脱恐惧。

历史一再证明：反侵略的正义战争一定胜利，侵略者逃不出覆灭的下场。杨靖宇牺牲5年后，在中国共产党的领导和推动下，中国人民与国际反法西斯力量一道，终于打败了日本侵略者，实现了杨靖宇为之奋斗终生的夙愿。在祖国光复的喜庆时刻，人们更加怀念以杨靖宇为代表的先烈们，敬仰他们为祖国独立和民族解放英勇献身的崇高精神。为了永远纪念伟大的抗日民族英雄杨靖宇将军，1946年2月，濛江县人民提议，将杨靖宇英勇战斗并壮烈殉国的地方——濛江县，改名为靖宇县。为了缅怀杨靖宇的光辉业绩，靖宇县人民政府的干部和农工商学各界群众重新修葺了杨靖宇陵墓。1946年2月23日，在杨靖宇将军殉国6周年纪念日，辽东省政府暨靖宇县政府在保安村北岗隆重举行杨靖宇将军追悼大会，重新安葬了杨靖宇的遗体。

长春解放前夕，亚光医院院长刘亚光得知杨靖宇的遗首存放在长春医学院。于是，打入国民党骑兵第二旅卫生队，终于找到了杨靖宇将军的遗首。

为了缅怀抗联先烈，纪念杨靖宇的英雄业绩，1952年，经国家内务部批准，在通化市修建了"杨靖宇烈士陵园"。1957年秋，庄严肃穆的陵园落成。8月下旬，靖宇县党政机关和人民群众将杨靖宇的遗骨移至通化市。9月25日，在东北烈士纪念馆，黑龙江省暨哈尔滨市党政军民举行了隆重的杨靖宇将军遗首恭送仪式。灵车所经过的道路两旁，人们伫立默哀，为将军送行。在吉林省通化市，党政军民举行隆重仪式，恭迎将军遗首。

艰苦抗战　威震敌胆

# 中华魂·百部爱国故事丛书
## 提　要

### 《誓与禁烟相始终——民族英雄林则徐》

林则徐严禁鸦片，坚决抵抗西方列强的侵略，坚持维护国家主权和民族利益。他是中国近代历史上第一位睁眼看世界的人，是抗击帝国主义殖民侵略的第一人，是中华民族抵御外侮过程中伟大的民族英雄。

### 《血洒虎门御敌寇——抗英将军关天培》

民族英雄关天培，在第一次鸦片战争中为了抗击英国侵略者的入侵而血洒虎门，为国捐躯，谱写了一曲可歌可泣的英雄赞歌。关天培用他的生命，书写了中国人民反抗外侮的历史。

### 《威震镇海靖节魂——抗敌英雄裕谦》

在第一次鸦片战争期间的众多牺牲者中，有一位官阶最高，他就是两江总督裕谦。裕谦与外国侵略者斗争立场坚定，与国内妥协派、投降派斗争态度坚决。裕谦督战镇海，与英国侵略军浴血奋战，临危不惧，以身报国，浩气长存。

### 《斩邪留正解民悬——太平天国领袖洪秀全》

农民出身的洪秀全，从失意文人到起义领袖，经历了长期的思想演变过程，在外敌入侵、清朝政府腐朽的历史环境之下，顺应时代的潮流，成长为一位非凡的历史英雄人物，建立了与清朝政府相抗衡的农民政权——太平天国。

### 《仰承汉唐　荟萃中外——近代数学家李善兰》

李善兰是我国19世纪重要的科学家之一，在数学、天文学、力学等方面都有重大建树。他继承了我国古代数学的成就，又以极大的热情传播西方科学文化，"仰承汉唐，荟萃中外"，把自己的一生献给了科学事业。

### 《严谨治学　勇于探索——近代著名数学家华蘅芳》

华蘅芳，中国近代数学家之一。其精通中国古算学，并熟练掌握西方近代数学，是中国验证抛物线并著书立说的参与者。为了证明"外国有的，中国也能造"而鞠躬尽瘁，在引进西方科学技术、传播科学知识上贡献卓著。

### 《折冲樽俎护山河——近代著名外交家曾纪泽》

曾纪泽是中国近代史上著名的爱国外交家，在中俄伊犁交涉事件中，他秉承抵抗列强、保卫国家的坚定意志，利用外交手段全力同沙俄抗争，捍卫了国家主权、民族尊严，收回了祖国的领土，在近代中国外交史上留下了光辉的一页。

### 《甲午海战留英名——民族英雄邓世昌》

邓世昌，北洋水师名将。本书以邓世昌的成长过程为线索，以代表性的历史故事为主要内容，还原真实的历史事件，突出鲜明的人物性格。邓世昌因在中日甲午海战中突出的英雄气概而名垂史册，书写了伟大的爱国主义篇章。

### 《誓与舰队共存亡——北洋水师提督丁汝昌》

丁汝昌处在清朝政府的腐朽和李鸿章的专断下，难以施展爱国的抱负，壮志未酬，愤恨而终。但丁汝昌为建立近代海军作出的巨大贡献，带领北洋舰队爱国官兵勇抗强敌的英雄事迹，将永远为后代所传颂。

### 《镇南关上凯歌扬——抗法老英雄冯子材》

1885年中法战争中，年逾古稀的冯子材为抵御外国侵略，勇赴国难，大败法军于镇南关，并乘胜追击，接连收复文渊、谅山等地，从根本上扭转了中法战争的局面，成为近代民族英雄的杰出代表。

### 《屡败法军逞英豪——黑旗军将领刘永福》

刘永福是黑旗军的创建者，是农民出身的杰出军事家、政治活动家。在19世纪发生的援越抗法、中法战争中，他率部与帝国主义侵略者进行了殊死的战斗，建立了卓越的功勋，成为我国近代史上著名的民族英雄，为后世所景仰。

### 《矢志变法强国家——戊戌变法领袖康有为》

康有为是清末民初最有影响力的思想家之一。他领导了中国知识界的启蒙运动，掀起了一场自上而下的政体改革。他最早在中国提出了立宪政体和具体的宪政方案，主张在坚持儒家传统和帝制的前提下，学习西方经验，他的进步思想对近代中国具有深远的影响。

### 《开民智以报国　普新知而图强——戊戌变法思想家梁启超》

梁启超，中国近代史上著名的政治活动家、启蒙思想家、史学家、文学家，戊戌变法领袖之一。本书以百日维新思想家梁启超的成长过程为线索，以代表性的历史故事为主要内容，还原真实的历史事件，突出鲜明的人物性格。

### 《我自横刀向天笑——维新志士谭嗣同》

谭嗣同在民族危机的严重时刻，投身改革救中国的洪流。为了带给祖国一个光明的未来，紧要关头，他挺身而出，用自己的鲜血激励后人，把宝贵的生命献给了变法事业。

### 《睡乡敢遣警世钟——用生命警策国人的陈天华》

陈天华是民主革命的活动家和宣传家。他写的《猛回头》《警世钟》等书，起到了革命启蒙的重大作用。为了激发留日学生的爱国情怀，他不惜投海自杀，演出了近代史上感人至深的一幕，给后人留下了难忘的印象。

### 《革命军中马前卒——民主斗士邹容》

革命乃"至尊极高，独一无二，伟大绝伦之一目的"；它是"天演之公例，世界之公理，顺乎天而应乎人"的伟大行动。因此，必须"仗义群兴革命军"。他激情高呼："革命独子万岁！中华共和国万岁！"这就是《革命军》的作者，中国近代著名资产阶级革命宣传家邹容。

## 《休言女子非英物——鉴湖女侠秋瑾》

为民族解放和妇女解放而英勇斗争的秋瑾，冲破封建礼教的思想牢笼，打碎封建精神枷锁，崇仰真理，追求光明，主张共和，坚持男女平等，最终献出了自己年轻的生命。

## 《血溅校场　杀身成仁——民主斗士徐锡麟》

本书讲述了反清志士徐锡麟弃文从武、投身反清革命事业，最终被清政府杀害的故事。出于对国家的热爱，徐锡麟献出自己的生命，他的事迹将永远激励后人深切缅怀这位民主革命的先驱。

## 《生可死耳　我志长存——献身民主的禹之谟》

禹之谟，民主革命党人，同盟会会员，近代资产阶级革命家、实业家。1886年，20岁的禹之谟"提三尺剑，挟一卷书"游历四方，研究西方社会政治学说，忧国忧民之心日趋强烈。戊戌变法失败，他丢掉改良幻想，倡革命救亡之说，走上民主革命道路。

## 《物竞天择　适者生存——资产阶级启蒙思想家严复》

严复是中国近代著名的启蒙思想家、翻译家和教育家。他长期从事教育和翻译事业，为近代中国人才培养和思想启蒙做出了重要贡献，同时他也为中国的翻译事业和中西思想文化交流做出了重要贡献。

## 《辛亥革命急先锋——资产阶级革命家黄兴》

黄兴，清末民初资产阶级革命家，中华民国开国元勋。黄兴在武昌首义及辛亥革命时期的爱国表现，与孙中山闻名于当时，常被时人以"孙黄"并称。本书以资产阶级革命活动实干家黄兴的成长过程为线索，歌颂了先辈伟大的爱国主义精神。

## 《矢志革命　百折不回——近代民主革命家廖仲恺》

廖仲恺追随孙中山踏上了创立民国与捍卫共和制的旧民主主义革命

之路；在新民主主义革命时期，他为建立、巩固首次国共合作和实施三大政策，英勇奋斗，为国殉职，洒尽了一腔热血。

### 《将军拔剑南天起——护国英雄蔡锷》

蔡锷是中国近代史上的杰出军事家、爱国者。他的一生短暂而伟大。辛亥革命爆发，他毅然投身于革命洪流之中，领导云南重九起义，对武昌起义积极响应。袁世凯窃国复辟、恢复帝制的阴谋暴露出来以后，他又毅然举起了武装讨袁的旗帜。

### 《反帝反封建运动——五四青年的爱国故事》

五四运动是一次伟大的反帝反封建的爱国运动；是一个伟大的历史转折点；是中国人民的斗争从挫折走向胜利的一个关节点，它为中国的前进开辟了一条全新的道路，拉开了中国新民主主义革命的序幕。

### 《思想自由 兼容并包——著名教育家蔡元培》

蔡元培是中国近现代著名的民主革命家和教育家，一生经历风雨，却始终信守爱国和民主的政治理念，致力于废除封建主义的教育制度，奠定了我国新式教育制度的基础，为我国教育、文化、科学事业的发展做出了富有开创性的贡献。

### 《为国家争光 为民族争气——中国铁路之父詹天佑》

詹天佑是我国最早的杰出铁道工程师，因主持建造京张铁路而闻名中外，被誉为"中国铁路之父"。他为祖国的铁路事业贡献了毕生的精力。本书向读者展示了詹天佑热爱祖国、科技兴国的辉煌人生。

### 《实业救国 衣被天下——轻工之父张謇》

张謇是爱国实业家、教育家。他年轻时中过状元。过了40岁，开始投身工商实业活动中，他的名言是"富民强国之本在于工"。在南通，创办大生丝厂、银行等各种实业。并将创办实业的大部分所得投入教育。他的观点是，教育和实业一样，也是"富强之大本"。

### 《心向革命 追求光明——平民将军冯玉祥》

冯玉祥将军"是一位从旧军人转变而成的坚定的民主主义战士"。

抗日战争期间，他辗转各地，用实际行动积极抗战。日本战败投降后，他为了断绝美国的援蒋内战，又在美国四处演说，揭露蒋介石统治之黑暗，痛斥美国阴谋分裂中国的不良行为。

## 《刑场上的婚礼——革命烈士周文雍　陈铁军》

周文雍是广州起义的主要领导人之一。陈铁军出身于华侨商人家庭，却毅然投身革命洪流。1928年1月，两人接受派遣，回到广州假扮夫妻从事革命斗争，却不幸被捕。临刑前，两位烈士将敌人的枪声当作自己婚礼的礼炮，用生命和爱情谱写出一曲千古绝唱。

## 《星星之火　可以燎原——井冈山斗争的故事》

1927—1929年，毛泽东、朱德等老一辈革命家，在井冈山创建了农村革命根据地，进行了艰苦卓绝的斗争，建立了新型革命武装，点燃了工农武装革命之火，找到了农村包围城市最后夺取政权的中国革命的正确道路。

## 《新民学会的主要发起人——中国共产党早期革命家蔡和森》

蔡和森青年时期曾与毛泽东等人一起组织进步团体新民学会，参加五四运动，并在赴法国勤工俭学时研读大量马克思主义著作，回国后以满腔热忱投身革命事业，成为中国共产党早期重要的理论家和宣传家。

## 《威震黄浦江畔　高奏抗日壮歌——一·二八淞沪抗战》

面对日本侵略者的挑衅，十九路军在蒋光鼐、蔡廷锴的带领下，高举义旗，奋力一搏。一·二八淞沪抗战，是中国军人捍卫军人荣誉和祖国尊严所发出的吼声，谱写了一曲抗击日军侵略的英雄壮歌。

## 《将军恨不抗日死——慷慨就义的吉鸿昌》

在国难深重的20世纪30年代，吉鸿昌将军因拒绝执行国民党指示，坚决不打内战，被迫携眷出国"考察"。回国后，他加入中国共产党，组织了民众抗日同盟军，英勇打击日本侵略者，后于1934年11月被国民党反动派杀害。

## 《献身革命　甘于清贫——梅岭忠魂方志敏》

大革命失败后，方志敏凭着"两条半步枪"起家，身经百战，创建了赣东北革命根据地和红十军。本书真实记录了方志敏投身于革命、领导红军和敌人进行艰苦卓绝斗争的经历，歌颂了烈士贫贱不移、威武不屈、献身革命的高尚品质。

## 《奏响中华最强音——人民音乐家聂耳》

聂耳在他有限的生命中创作了数十首革命歌曲，在抗日救亡运动中，聂耳的这些歌曲产生了广泛深远的影响。他的音乐创作为中国无产阶级革命音乐的发展指明了方向，树立了榜样。

## 《横眉冷对千夫指——中国文化革命主将鲁迅》

鲁迅不但是伟大的文学家，而且是伟大的思想家和伟大的革命家。在那风雨如晦的黑暗年代里，他以笔为投枪，同一切帝国主义和反动派进行了顽强的战斗，为中国人民树立了一个不朽的丰碑。他是新文化战线上的一面光辉旗帜，是我们伟大民族的灵魂。

## 《铁流两万五千里——红军长征的故事》

红军长征是人类历史上的一次伟大的壮举。第五次反"围剿"失败后，中国工农红军的三大主力在极端艰难的条件下，突破国民党军队的围追堵截，进行了史无前例的战略大转移，总行程达两万五千里以上。途中发生了许多动人故事，至今令人难以忘怀。

## 《荣辱不移革命志——创建陕北红军的刘志丹》

刘志丹是杰出的无产阶级革命家、军事家，西北红军和西北革命根据地的主要创始人之一。他一生热爱人民，追求真理，英勇善战，百折不挠，艰苦奋斗，忠心赤胆，为创建红军和革命根据地、为中国人民的解放事业建立了不可磨灭的功勋。

## 《英名永存北平城——爱国将领佟麟阁　赵登禹》

1937年7月28日，日军向北平郊区发动进攻。第二十九军副军长佟麟阁奉命在南苑率部与日军苦战，腿部受伤，头部被敌机炸伤，壮烈殉国。第一三二师师长赵登禹指挥部队顽强抵抗日军，右臂中弹负伤，仍继续作战。后在转移途中遭日军截击而牺牲。

## 《八百壮士　四行仓库铸军魂——谢晋元和他的战友们》

八一三抗战，中国军人以血肉之躯揭开全面抗战的帷幕。这是一场血战，是中国军人不屈不挠的英雄诗篇，其中的八百壮士守四行，成为这首英雄颂歌中最动人、最凄美的音符。一曲四行保卫战，铸就了不屈的军魂。

## 《八女投江　气贯长虹——八位抗联女战士》

抗日战争时期，以冷云为首的东北抗日联军8名女战士，为捍卫民族尊严，面对凶残的日寇，镇定自若，宁死不屈，投江殉国，表现了中华民族同敌人血战到底的英雄气概。她们的光辉形象，激励着千千万万的后来人。

## 《艰苦抗战　威震敌胆——著名抗日英雄杨靖宇》

杨靖宇将军是我国著名的抗日民族英雄。曾先后担任磐石游击队政治委员、东北抗日联军第一军军长兼政委、抗日联军总司令等职。领导军民对日寇坚持了长达9个年头的艰苦卓绝的斗争，最终以身殉国。

## 《死也不当亡国奴——镜泊抗日英雄陈翰章》

陈翰章，从1932年8月投笔从戎，直到1940年12月8日为抗击日本侵略者，战死在镜泊湖畔。他在抗日疆场上奋战了九年，他那可歌可泣的英雄事迹将为人们永世传颂。

## 《名将殉国　气壮山河——抗日将军张自忠》

著名抗日将领、民族英雄张自忠，生于忧患的时代，抱有"宁为百夫长，胜作一书生"的志向，经历过失败与低谷，最终成就了慷慨人生。本书主要以人物活动为主，勾画出一个真正的"民族魂"鲜活的人生，会带给读者振奋的力量。

## 《宁死不辱战士名——狼牙山五壮士》

1941年日寇在河北易县"扫荡"。为掩护群众和主力部队撤退，五位八路军战士毅然把敌人引上了狼牙山棋盘坨峰顶绝路。弹尽粮绝、无路可退，五位英雄纵身跳下了万丈悬崖，用生命和鲜血谱写出一曲惊天地泣鬼神的壮举。

### 《太行浩气传千古——抗日名将左权》

左权，中国工农红军和八路军高级指挥员，著名军事家。是八路军在抗日战场上牺牲的最高指挥员。名将阵亡，太行山为之垂首，全党为之悲痛。周恩来称他"足以为党之模范"，朱德赞誉他是"中国军事界不可多得的人才"。

### 《虎将兴关外　抗倭统雄师——抗联英雄赵尚志》

本书描写了久经考验的共产党员、东北抗联的创建者和主要领导人赵尚志，在艰苦卓绝的条件下，坚持抗战，威震敌胆，战功卓著，忍辱负重，忠贞不屈，为国捐躯的英雄故事，为青少年读者呈上一部爱国主义的佳作。

### 《黄埔之英　民族之雄——抗日名将戴安澜》

抗日名将戴安澜，先后参加保定、漕河、台儿庄、武汉、昆仑关等战役，作战英勇，屡建奇功；入缅作战，"扬威国外，藉伸正义"；守东瓜，复棠吉；殒身缅北，遗恨丛林，马革裹尸，成就了光辉的一生。

### 《爱国志士　民主先锋——新闻出版家邹韬奋》

本书讲述了邹韬奋献身新闻出版事业的奋斗历程，展现了一位新闻工作者坚定的革命信念和炽热的爱国主义精神，全心全意为人民服务、为读者服务的奉献精神，歌颂了他的高尚情操和优良品质。

### 《为抗战发出怒吼——人民音乐家冼星海》

人民音乐家冼星海，青年时期在巴黎求学，饱尝屈辱与磨难；学成后毅然回到多灾多难的祖国，用满腔热忱谱写激昂的音乐，鼓舞中华儿女的斗志；奔赴延安，谱写出不朽的名作《黄河大合唱》，发出中华民族抗日救亡的怒吼。

## 《全民皆兵　抗击日寇——抗日战争的故事》

中国人民进行的十四年抗战，是一百多年来中国人民反对外敌入侵第一次取得完全胜利的民族解放战争。这场战争是以国共两党合作为基础，有社会各界、各族人民、各民主党派、抗日团体、社会各阶层爱国人士和海外侨胞广泛参加的全民族抗战。

## 《捧着一颗心来　不带半根草去——人民教育家陶行知》

陶行知是我国现代教育史上伟大的人民教育家、教育思想家。他从青年起就立志献身教育事业，以"捧着一颗心来，不带半根草去"的赤子之心，为人民的教育事业鞠躬尽瘁。

## 《为民主与和平拍案而起——民主斗士闻一多》

闻一多早年与梁实秋等人发起成立清华文学社。赴美留学期间由对祖国的深深眷恋而创作著名的《七子之歌》。后在西南联大任教8年，积极投身于抗日运动和争取民主的斗争，发表了著名的《最后一次讲演》。

## 《铁窗难锁钢铁心——革命先烈王若飞》

王若飞是我党早期杰出的无产阶级革命家。在艰苦卓绝的斗争中，他出生入死，屡建奇功，以超人的睿智和胆略，在敌人的监狱中，同敌人展开了殊死的较量，为抗战的胜利和新中国的诞生做出了卓越的贡献。

## 《横扫千军　还我河山——抗联名将李兆麟》

李兆麟是东北抗日联军创建人之一，他率领抗日联军历尽千难万险与日本侵略者浴血奋战，在极其艰苦的条件下，保存了抗日联军的有生力量，为东北光复做出了重大贡献。

## 《锄头开出新天地——解放区大生产运动》

为了解决困难，渡过难关，党中央号召党政军民齐动手，开展大生产运动。中国共产党在其控制区域内发动的一场军队屯田和鼓励生产的群众运动，达到了自己动手丰衣足食，共度难关，既进行革命又进行生产自足的目的。

## 《生的伟大　死的光荣——女英雄刘胡兰》

刘胡兰，坚贞不屈的少年女英雄。生前对我国劳动人民的解放事业无限忠诚，在敌人威胁面前，大义凛然，毫无惧色，英勇牺牲，表现了共产党员的高贵品质。

## 《饿死不领美国救济粮——爱国知识分子的楷模朱自清》

朱自清作为爱国知识分子的典型，以锐利的笔锋直言痛斥反动政府的暴行，体现了他崇高的爱国情怀和不畏恶势力的精神品格。毛泽东曾给朱自清先生以高度评价："一身重病，宁可饿死，不领美国的'救济粮'"，"表现了我们民族的英雄气概"。

## 《为了新中国前进——舍身炸碉堡的董存瑞》

伟大的英雄，中国人民的儿子董存瑞，从儿童团长成长为一名光荣的解放军战士，在1948年解放隆化县城时，舍身炸碉堡，为新中国献出了自己年轻的生命。他的英雄形象永远留在人民心里。

## 《宁死不屈的共产党员——革命烈士江竹筠》

江竹筠，就是著名的江姐。1947年春，她负责《挺进报》工作，只几个月的时间，报纸就发行到1600多份，引起了敌人的极大恐慌。由于叛徒出卖，江姐不幸被捕，惨遭毒刑的残酷折磨，仍坚贞不屈。最后被特务秘密枪杀，年仅29岁。

## 《抗美援朝　保家卫国——志愿军的战斗故事》

抗美援朝战争是中国人民志愿军为援助朝鲜人民、保卫祖国安全，与美国为首的"联合国军"发生的战争。在朝鲜牺牲的志愿军烈士们，他们英勇的战斗事迹、保家卫国的精神值得我们发扬光大。

## 《上甘岭上壮烈歌——黄继光和他的战友们》

在1952年10月的上甘岭战役中，黄继光和他的战友们在零号阵地半山腰被敌机枪火力点压制，此时，黄继光身上已经多处负伤，手雷也已全部用光。为了完成任务，减少战友的伤亡，他用自己的胸膛堵住正在扫射的敌机枪射孔，为反击部队扫清了前进的道路。

《诗书印画　全入神品——国画大师齐白石》

　　齐白石出身贫寒，做过农活，当过木匠，后改学雕花木工，从民间画工入手，摹古人真迹，学诗文书法，融汇古今，而诗、书、印、画俱佳；他将中国画的精神与时代的精神统一得完美无瑕，使中国画得到国际的重视，无愧于"国画大师"的称号。

《毕生为文化而奋斗——中国第一出版家张元济》

　　张元济参与、主持和督导商务印书馆近六十年，使其从简单的印刷企业转变为当时中国教育出版的旗帜。张元济一生爱书，在中华大地动荡不安的年代里，他用自己对文化的热爱，续存着中华民族灿烂悠久的文明之光。

《独树一帜　梨园大师——著名京剧表演艺术家梅兰芳》

　　梅兰芳，京剧大师，演唱风格独树一帜，世称"梅派"。曾先后赴日本、美国、苏联演出，并荣获美国波摩那学院和南加州大学的荣誉文学博士学位。作为一位爱国者，抗战期间蓄须明志，拒绝为日本人演出，为后世称颂。

《华侨旗帜　民族光辉——爱国侨领陈嘉庚》

　　陈嘉庚是著名的爱国华侨领袖、企业家、教育家、慈善家、社会活动家。他为辛亥革命、民族教育、抗日战争、解放战争、新中国的建设做出了卓越的贡献。生前被毛泽东誉为"华侨旗帜、民族光辉"。

《向雷锋同志学习——伟大的共产主义战士雷锋》

　　雷锋，一个平凡而伟大的共产主义战士，一心向着党，一生秉承着全心全意为人民服务、无私奉献的崇高思想；发扬刻苦学习和钻研理论的"钉子"精神；坚持勤俭节约、艰苦奋斗的优良作风。毛泽东为其题词："向雷锋同志学习。"

《人民的好公仆——县委书记的好榜样焦裕禄》

　　焦裕禄，被誉为县委书记的好榜样。他用自己的革命精神，展开了与大自然、与社会落后现象、与病魔的多重抗争，让我们领略到一个共产党人的生之伟大、死之壮美的人格品质和具有现实教育意义的精神魅力。

### 《文学巨匠　京味大师——人民作家老舍》

老舍是我国现代小说家、文学家、戏剧家。他用融入骨髓的真诚文字反映生活的喜怒哀乐。老舍的一生，总是在忘我地工作，他是文艺界当之无愧的"劳动模范"，生前被北京市人民政府授予"人民艺术家"的称号。

### 《革命老人——无产阶级教育家徐特立》

徐特立是一代伟人毛泽东的老师。他出生在贫苦家庭，大部分时间生活在动荡艰苦的年代；他刻苦勤奋，不畏艰辛，追求光明，一生勤俭，为革命培养了大量的人才；他对党和人民任劳任怨，鞠躬尽瘁。他坎坷奋斗的一生，留下了许多可歌可泣的故事。

### 《人生能有几回搏——新中国第一个世界冠军容国团》

容国团先后担任中国乒乓球队运动员、女队主教练。获得1959年男子单打世界冠军；1961年夺得男子团体世界冠军；作为中国女队主教练，1965年率女队第一次夺得女子团体世界冠军。他的"人生能有几回搏"的豪言，举国传诵。

### 《石油工人一声吼　地球也要抖三抖——铁人王进喜》

王进喜，新中国第一批石油钻探工人。他为祖国石油工业的发展和社会主义建设立下了不朽的功勋，在创造了巨大物质财富的同时，还给我们留下了宝贵的精神财富——铁人精神。他被评为"百年中国十大人物"，写入中华民族的光辉史册。

### 《做人民需要我做的事——著名地质学家李四光》

李四光是一位伟大的科学家，他一生从事地质学研究工作，足迹遍布祖国的山川，为祖国探明了许多地下宝藏；他创建了崭新的学说——地质力学；他历尽重重困难，为正确认识地质构造开辟了一条新路。

## 《中国化学工业的先驱——著名化学家侯德榜》

为摆脱纯碱需要进口的窘况，20世纪初，怀着"实业救国"梦想的中国化工先驱侯德榜等人创办了永利碱厂，并立志生产出中国人自己的碱。1926年，永利碱厂终于成功地生产出"红三角"牌纯碱，从此中国制碱业得以跨入世界先进行列。

## 《毕生求是　一丝不苟——著名科学家竺可桢》

著名科学家竺可桢献身科学研究；治学严谨，一丝不苟；一生廉洁，两袖清风；作风民主，爱护学生。他以爱国之心、报国之志，从一个民主主义者逐渐成长为一个共产主义战士。

## 《热爱自然的大地之子——著名植物学家蔡希陶》

蔡希陶，五十载风雨，五十载坎坷，五十载奋斗，五十载开拓，为了发现对人类生产、生活有用的植物及新物种的引进而做出巨大贡献，在中国的植物资源学史上将永远镌刻着他的名字。

## 《高洁无私的襟怀——知识分子的楷模蒋筑英》

蒋筑英是中国当代知识分子的先锋典范，他不为名，不为利，尊重科学；他以坚忍的毅力和顽强的作风，在科学的道路上呕心沥血，鞠躬尽瘁，无私地奉献了青春和生命。

## 《迎接新生命的天使——卓越的妇产科专家林巧稚》

林巧稚是国内外享有盛誉的妇产科专家。在五十多年的医学教育和临床实践中，林巧稚亲自接生了五万多婴儿，治愈了数千病人，培养了数以百计的专门人才，为我国的妇女儿童事业做出了不可磨灭的贡献。

## 《独自成千古　悠然寄一丘——国画大师张大千》

张大千是20世纪中国画坛最具传奇色彩的国画大师，无论是绘画、书法、篆刻、诗词无所不通。在艺术界深得敬仰和追捧，艺术家们用真挚的感情，用绘画和雕塑展现了"张大千"多彩的艺术形象。

**《建造中国的通天塔——著名数学家华罗庚》**

中国当代著名数学家华罗庚，为中国数学的发展做出了无与伦比的贡献，他是中国解析数论、典型群、矩阵几何等多方面研究的创始人与开拓者，也是我国最早将数学理论研究与生产实践紧密结合的科学家。

**《问鼎长天　强我国威——两弹元勋邓稼先》**

邓稼先是我国著名科学家，参加组织和领导我国核武器的研究、设计工作，从对原子弹、氢弹原理的突破和试验成功及其武器化，到新的核武器的重大原理突破和研制试验，作出了重大贡献。是我国核武器理论研究工作的奠基者之一，被誉为"两弹元勋"。

**《敢叫天堑变通途——桥梁专家茅以升》**

中国著名的桥梁专家茅以升从小立志为祖国建造桥梁，经过不懈努力，他不仅设计建造了一座座宏伟壮观、坚固实用的道路桥梁，而且搭建了一座座友谊之桥，为祖国建设作出了卓越贡献。

**《蘑菇云之梦——核物理学家钱三强》**

被誉为"中国原子弹之父"的核物理学家钱三强，更名后立志于科技报国；24岁投师于世界著名核物理学家居里夫妇；与夫人何泽慧合作，发现铀的"三分裂""四分裂"现象；统领我国的原子大军，做了大量创造性工作。

**《两离桑梓地　满怀雪域情——领导干部的楷模孔繁森》**

孔繁森，是一位一尘不染、两袖清风的好干部。两次进藏工作，历时十载，为西藏的建设、发展和稳定作出了突出的贡献。1994年11月，孔繁森不幸以身殉职。人民群众称他为新时期领导干部的楷模。

**《摘取数学皇冠上的明珠——著名数学家陈景润》**

陈景润是享誉世界的数学家，为了证明"哥德巴赫猜想"，他以惊人的毅力在数学领域里艰苦跋涉，终于攻克了世界著名数学难题"哥德巴赫猜想"中的"1＋2"，创造了中国乃至世界数学史上的辉煌。

## 《学术独步　饮誉四海——享有国际威望的科学家卢嘉锡》

卢嘉锡是一位在国际科学界享有崇高威望的物理化学家、化学教育家和科技组织领导者。1945年，卢嘉锡满怀"科学救国"的热忱回到祖国，对中国原子簇化学的发展起了重要推动作用，他所指导的新技术晶体材料科学研究，也取得了重大成绩。

## 《德艺双馨　梨园楷模——著名豫剧表演艺术家常香玉》

常香玉1941年赴陕甘演出。1948年在西安创办香玉剧社。1951年为支援抗美援朝，率剧社巡回西北、中南、华南各地演出，以演出收入捐献"香玉剧社号"战斗机一架，素有"爱国艺人"之誉。

## 《文学大师　激流勇进——著名作家巴金》

本书以巴金生平和主要事迹为线索，回顾和展示现代著名作家巴金的一生，以期让人们看到巴金在这风云变幻的100多年中，有过成功的欢欣，有过屈辱的磨难，有过痛苦的忏悔，有过平静的安宁。巴金的人生，映照着一代中国五四知识分子坎坷而不平凡的命运。

## 《壮心系科学　孜孜为国昌——理论化学家唐敖庆》

本书讲述了唐敖庆从出国求学、学业有成、回国任教，到服从安排、艰苦工作、刻苦钻研，最终成为中国量子化学奠基者的过程。让人们看到了这位著名化学家的赤心爱国、严谨治学、大公无私的崇高品格和科研上的卓越成就。

## 《中国导弹之父——著名科学家钱学森》

当第一颗原子弹升空的时候，当中国的人造卫星奏响《东方红》的时候，当中国运载火箭腾空而起的时候，当中国研制的导弹准确命中目标的时候，人们都会想起他的名字：中国导弹之父钱学森。

## 《中国近代力学的奠基人——著名科学家钱伟长》

钱伟长曾以中文和历史两个100分的成绩考入清华大学。九一八事变后，钱伟长毅然放弃了文科的学习而转为理科。他是中国近代力学、应用数学的奠基人之一，在固体力学、流体力学以及航空航天领域，取得了卓越的成就，为新中国的现代化建设付出了毕生的精力。

### 《中国光学科学的奠基人——著名科学家王大珩》

王大珩是我国著名的科学家，中国光学科学的奠基人。他先在清华就读，后赴英国求学，学业有成，立志科学救国，其成就享誉神州。他以科学的求是精神和赤诚的爱国情怀，探索着中国光学发展的闪光之路。